Der Zwischenfall
Texte aus dem Pfaffenhofener Flaschlturm

PFAFFENHOFEN A. D. ILM
Guter Boden für große Vorhaben

© 2024 Stadt Pfaffenhofen a. d. Ilm

Alle Rechte vorbehalten

Verlag: BoD · Books on Demand GmbH, In de Tarpen 42, 22848 Norderstedt

Satz: Reinhard Beck - audiovisuelle Medien

Gesetzt aus der Kepler 3

Illustration Cover: Gottfried Müller

Druck: Libri Plureos GmbH, Friedensallee 273, 22763 Hamburg

ISBN: 978-3-7693-0020-8

Der Zwischenfall
Texte aus dem Pfaffenhofener Flaschlturm

Matthias Jügler

Marko Dinić

Johann Reißer

Marie-Alice Schultz

Peter Zemla

Laura Anton

Erik Wunderlich

Cécil Joyce Röski

Anahit Bagradjans

Christina Piljavec

Stadt Pfaffenhofen a. d. Ilm

Inhaltsverzeichnis

Ein Lutz-Stipendium für Pfaffenhofen

2013 brachte der Stadtrat etwas grundsätzlich Neues auf den Weg: ein Literatur-Stipendium für Pfaffenhofen a. d. Ilm. Es war ein ganzheitliches Konzept. Um das Andenken an den Pfaffenhofener Schriftsteller Joseph Maria Lutz zu befördern, sollte der sogenannte Flaschlturm, ein charakteristisches Altstadt-Gebäude, das zuvor ein Museum für Lutz beherbergte, Ort eines Aufenthaltsstipendiums werden. Er wurde grundsaniert und als Wohnstätte für die kommenden Stadtschreiberinnen und Stadtschreiber eingerichtet. Wie in Lutz' 1930 erschienenem und erfolgreichem Roman „Der Zwischenfall", bei dem der Schriftsteller Bruno Wilmann ins ländliche Kleindlfing zieht und die Kleinstadt durch seine pure Existenz und Anwesenheit durcheinanderbringt, sollten nun Schriftstellerinnen und Schriftsteller nach Pfaffenhofen kommen und die Kleinstadt beleben. Ihren Aufenthalt würden sie mit einem Text über die Stadt und ihre Bevölkerung beenden.

Auf die Ausschreibung gab es viel Resonanz und gute Bewerbungen. So haben seit 2014 zehn Schriftstellerinnen und Schriftsteller einige Monate in Pfaffenhofen verbracht, haben die Stadt kennengelernt, ihre Eindrücke und Gedanken in einem Text zusammengefasst und diesen jeweils vor Publikum vorgestellt.

Und nun, nach zehn Jahren, folgt ein wichtiger Schritt: die Veröffentlichung der Texte. Es sind Texte über Pfaffenhofen, von professionellen Beobachtern und Schreibenden verfasst. Eine besondere, eine literarische Geschichtsschreibung. Ein Porträt Pfaffenhofens aus unterschiedlichen Blickwinkeln. Um Pfaffenhofen kennenzulernen.

Thomas Herker, Erster Bürgermeister
Reinhard Haiplik, Kulturreferent
Oktober 2024

Fotografie von Hanns Wagner aus dem Bildband „Ein Blick zurück."

12

Fenster in die Zeit

Eine meiner Lieblingsaufnahmen aus Pfaffenhofen ist jene Fotografie von Hanns Wagner, die drei Schulkinder im innigen Gespräch am Pfaffenhofener Platzl zeigt. Wagner war einer der Pioniere der Fotografie in unserer Stadt, und bei dieser undatierten Aufnahme darf man davon ausgehen, dass sie aus der unmittelbaren Nachkriegszeit stammt, also den frühen fünfziger Jahren des zwanzigsten Jahrhunderts. Ich nehme an, dass die drei Burschen gerade aus der nahe gelegenen Knabenschule gekommen sind, die heute „Joseph-Maria-Lutz-Schule" heißt und natürlich längst nicht nur Knaben, sondern auch Mädchen unterrichtet. Es ist ein Foto aus dem Frühjahr, denn der Flieder blüht, vermutlich also haben wir Mai. Aus dem Fenster des Flaschlturms ist Bettzeug zum Auslüften gehängt, auch das andere Fenster im oberen Stockwerk steht offen. Die Bewohner des Turms sind vielleicht gerade dabei, sich um das Mittagessen zu kümmern, der große Kamin, von dem wir nicht sehen, ob Rauch aus ihm quillt, geht jedenfalls ins Erdgeschoss des Flaschlturms, wo sich auch heute das Küchlein befindet, in dem sich die Lutz-Stipendiatinnen versorgen können. Denn sie sind die heutigen Bewohner des aus der Barockzeit stammenden Bauwerks, das eigentlich gar kein Turm, sondern ein Sommerhaus ist, ein Salettl, das einst im Garten des höchsten städtischen Beamten, des Stadtverwesers, gelegen war. Der Flaschlturm ist eines der wenigen erhaltenen Baudenkmäler aus Pfaffenhofens jahrhundertealter Geschichte und immer wenn ich ihn sehe, versuche ich mir vorzustellen, wie die Stadt um ihn herum im Laufe der Zeit ausgesehen haben mag. Joseph Maria Lutz' Roman „Der Zwischenfall" gehört zum immateriellen Erbe Pfaffenhofens – öffnet er doch gleichfalls das Fenster auf einen bestimmten Punkt des Zeitstrahls, die Zwischenkriegszeit der zwanziger Jahre. Der Münchener Piper Verlag, der damals gerade mit der ersten deutschen Gesamtausgabe Dostojewskis Furore und auch Kasse machte und auch sonst eines der führenden deutschen Verlagshäuser war, brachte das zierliche, satirische Werk heraus, das gerade nicht in der Absicht geschrieben worden war, Pfaffenhofen (im Roman heißt es „Kleindlfing") zu schmeicheln und seine Bewohner zu rühmen, sondern das aus der Feder eines jungen Menschen stammte, der sich von seiner Heimatstadt verkannt fühlte und ihr etwas heimzahlen wollte. Trotzdem, oder vielleicht gerade deshalb, ist dieser Text ein Spiegel der damaligen Zeit. Er hilft uns heutigen die Geschichte unserer Stadt, die sich seit dem Kriegsende und der Katastrophe der Naziherrschaft, der viele in Pfaffenhofen wohlwollend, ja begeistert gegenüberstanden hatten, laufend verändert hat, besser zu verstehen. Er ist, bei aller literarischen Bescheidenheit dieser Satire, ein Geschenk. Und wenn es auch keine Romane sind, die die heutigen Bewohner des Flaschlturms uns jedes Jahr hinterlassen, sondern Erzählungen, Stories, Recherchen, literarische Momentaufnahmen und Phantasien, die rund um den Flaschlturm und die kleine Stadt spielen, in der er steht, so werden sie – neben der Freude, die sie ihren heutigen Lesern bereiten – eines Tages als literarische Momentaufnahmen dienen, um zu verstehen, wie es einstmals zugegangen ist, bei uns in Kleindlfing, Pardon, in Pfaffenhofen.

Steffen Kopetzky
Pfaffenhofen, im September 2024

__Steffen Kopetzky__, geboren 1971, ist Autor von Romanen, Erzählungen, Hörspielen und Theaterstücken. Er war 2007 Mitgründer des Neuen Pfaffenhofener Kunstvereins, den er bis 2023 als erster Vorsitzender führte, sowie bis 2020 zwölf Jahre lang ehrenamtlicher Kulturreferent der Stadt Pfaffenhofen. Er ist der Vorsitzende der Jury des Lutz-Stipendiums und lebt mit seiner Familie in seiner Heimatstadt Pfaffenhofen an der Ilm.

„Wer ist denn der Herr eigentlich, der begegnet mir jetzt manchmal",
fragt der Pfarrer gedämpft; man merkt es aber seiner Frage an,
daß er lieber eine abfällige als eine gute Antwort hören möchte.
Der Funke hat überraschend gut gezündet, und da der Fremde
inzwischen außer Hörweite gekommen ist, kann Hubers Donner
befreiend losbrechen.
„Der?! Kennen S' den schöna Herrn no' net? Das is' do' die neueste
Errungenschaft von unserer Stadt:
a Dichter! Bruno Willmann hoaßt er!"

(S. 36–37)

Matthias Jügler
Der Zwischenfall (2014)

Es beginnt mit ein paar wütenden Tränen. Ich sitze in meiner Küche, unten im Flaschlturm, hinter mir die orangene Küchenzeile, vor mir der Esstisch, der mein Schreibtisch ist; der Laptop, das Radio, eine Tasse Kaffee, Stifte, Papier. Der Tag ist novembergrau.

Ich bin auf der Suche nach Fußballergebnissen, im Internet. Die TSG Neustrelitz spielt gegen die zweite Mannschaft von Mainz, es geht um den Aufstieg von der vierten in die dritte Liga. Warum ich mich mit dieser Kleinigkeit von Fußball beschäftige: Bei einer Niederlage von Neustrelitz wäre Lok Leipzig direkt abgestiegen. Die Führungsriege von Lok Leipzig ist und war in der aktiven Naziszene Leipzigs verankert. Lok-Fans haben die 88 auf Armen und Rücken tätowiert, auf Heckscheiben von Autos prangen zwei Aufkleber: Todesstrafe für Kinderschänder, daneben Lok Leipzig.

In diesem Moment bin ich also ein Neustrelitz-Fan. Ich lande auf der Seite von ZEIT Online, meiner Startseite. Ich lese eine Überschrift und vergesse das Fußballspiel mit einem Mal. Ich weiß in diesem Moment weder, dass es so etwas wie Fußball gibt, noch, dass ich in Pfaffenhofen bin. Ich sehe mir das Video an und da läuft es mir auch schon feucht über die Wangen.

Ich weiß nicht, wann ich das letzte Mal geweint habe. Vielleicht, als mein Onkel 2006 beigesetzt wurde, Monate später mein Großvater, oder als sich meine Eltern wenige Jahre danach scheiden ließen. Das waren befreiende Tränen. Ich wusste, jede von ihnen gehört zu einem Prozess, der Heilung und Trost verspricht und an dessen Ende ich gestärkt sein werde. Warum hatte dieses Video eine so starke Wirkung auf mich? Ich kenne keinen der Menschen, die zu sehen sind. Die Stadt, Dortmund, bedeutet mir nichts.

Zu sehen sind Neonazis, die das Rathaus stürmen wollen. Sie rufen drei Minuten lang Parolen, unter anderem: *Deutschland den Deutschen, Ausländer raus!*

Zwei Stunden sind vergangen. Ich schaue aus dem Fenster, das Grau weicht zusehends der Nachtschwärze. Immer wieder laufen Passanten an meinem Fenster vorbei. Als ich meinen Laptop zuklappe, sehe ich zwei, die ich für Türken halte, hinter ihnen drei Schwarze. Einer trägt einen Fußball in der Hand. Ihre Kleidung ist durchnässt. Die Hemden kleben an den Oberkörpern. Der Größte von ihnen sieht zu mir. Dann sind sie weg. Gegen 22 Uhr trete ich mit der Zahnbürste im Mund hinaus, laufe über den Kies und stehe vor dem Turm, der mein Turm ist für drei Monate. Wieder nähern sich Passanten. Es sind Mädchen, keine 14 Jahre alt. Sie reden Türkisch. Musik kommt aus ihrem Smartphone. Wir tun so, als ob wir uns nicht sehen. Sie verschwinden. Die Musik ebbt ab. Im Bad spucke ich die Zahnpasta aus. Ich gehe nach oben und lege mich in mein Bett. Es ist groß und breit und ich habe noch nie auf so einer weichen Matratze geschlafen. Ich überschlage im Kopf, dass ich heute gut fünfzehn Menschen mit Migrationshintergrund gesehen habe.

Zum Verständnis: Ich komme aus Leipzig. Keine fünf Gehminuten ist die NPD-Zentrale entfernt. Gleich neben der Nachbarschaftsschule in der Demmeringstraße haben sie eine hohe Mauer gebaut, darauf Stacheldraht befestigt. Laufe ich an der Schule vorbei und stelle mich auf die Zehenspitzen kann ich die Reichsflagge sehen: schwarz, weiß, rot. Für mich hängt all das zusammen. Ich teile mir mein Viertel mit Neonazis, und ich glaube zu ahnen, warum ich so gut wie niemals Menschen mit offensichtlichem Migrationshintergrund auf den Straßen in meinem Viertel sehe. Bevor ich das Licht ausschalte, schreibe ich in mein Notizbuch:

Pfaffenhofen

Hoher Wohlstand (fast nur große Autos)
Viele Migranten, noch keinen kennengelernt
Fast keine Neonazis (Europawahl 2014, NPD 0,51 %, Vergleich: Leipzig,
Wahl zum Stadtrat: NPD 2,5 % – 13.303 gültige Stimmen, also 13.303
Neonazis.)

Pfaffenhofen ist weltoffen und tolerant

*

Am nächsten Morgen weckt mich das Dröhnen eines Presslufthammers, irgendwo nicht weit vom Turm. Kurz nach sieben. Die Sonne scheint, der Regen hat sich gelegt. Es ist warm. Ich habe eine Entscheidung getroffen: Ich werde Pfaffenhofener kennenlernen. Migranten und Nicht-Migranten. Ich werde einen Text darüber schreiben. Immer noch bin ich verwundert – ein Ort, in dem ein halbes Prozent die NPD wählt. Das muss ein guter Ort sein. Das Tagebuch liegt neben mir. Noch einmal lese ich: Pfaffenhofen ist weltoffen und tolerant.

Diese Menschen möchte ich kennenlernen.

Das Diktiergerät finde ich in meiner Reisetasche. Ich ziehe mir die Schuhe an und verlasse den Turm. Ich laufe vorbei am El Greco, am Metzger, linkerhand der Donaukurier. Ich sehe in freundliche Gesichter, jedes scheint mir zu gratulieren und zu sagen: Gut, dass du jetzt ein Thema für deinen Text hast, dann lern uns mal kennen. Vor dem Brunnen am Platzl bleibe ich stehen. Grüppchen laufen umher, Zigaretten im Mund, Mobiltelefone in den Händen. Drei Männer um die sechzig bilden einen Kreis und rauchen Zigarre. Über ihnen hängt eine schwere, graue Wolke.

Ich sehe ein Mädchen, vielleicht 16 Jahre alt. Sie sitzt vor dem Brunnen auf einer Bank und hört Musik. Ich nähere mich, schiebe mich durch eine Schulklasse und spreche sie an. Sie hört mich nicht. Ich winke zu ihr hinunter und nun zieht sie die Stöpsel aus den Ohren. Ob sie vom Stadtschreiber gehört habe, der sei nämlich ich. Nein, habe sie nicht.

Macht nichts, sage ich, warm und rot wird mein Gesicht. Ob ich ihr ein paar Fragen stellen könne. Hinter uns rauscht der Springbrunnen. Ein Kind lässt sein Eis in das Wasser des Brunnens fallen. Seine Mutter greift danach, da zerfällt es schon. Ich sage, dass ich einen Text über Pfaffenhofener schreiben wolle. Warum nicht, sagt sie. Ich setze mich und bin unsicher. Ich kenne solche Situationen aus meiner Zeit bei der Ostsee-Zeitung in Greifswald. Dieses Mal ist es jedoch anders. Jedenfalls fühlt es sich so an. Ich bin nervös. Hab dich nicht so, sage ich zu mir, es sind nur ein paar Fragen. Ob sie Menschen mit Migrationshintergrund kenne. Sie schaut auf den Boden, die Rillen zwischen den Steinen, auf ihre Chucks, und dann zu mir: Ja, sagt sie, und nickt resolut, Türken kenne sie. Welche Erfahrungen sie gemacht hätte, frage ich. Sofort ein Gedanke: War das eine kluge Frage? Hätte ich mir die Fragen vielleicht vorher notieren sollen? Ich schiele auf mein Diktiergerät, ja, die Lampe blinkt rot, es nimmt auf. Sie antwortet prompt:

»Also sie sind schon definitiv anders als jetzt zum Beispiel ganz norm... also Deutsche, sag ich jetzt mal, weil sie einfach schnell aggressiv werden, und sie mischen sich auch oft ein, sag ich jetzt mal.«

Kannst du mir ein Beispiel nennen, eine direkte Szene?

»Ein Beispiel sind die Gruppenbildungen. Die ganzen Türken, sag ich jetzt mal, die bilden eine Gruppe und die machen dann einen fertig, also gehen dann in der Gruppe auf einen los, sag ich jetzt mal, und das ist so eine Gruppenbildung, die sind dann gegen alle und die beleidigen dann auch immer unser Land und – ja.«

Ich setze mich zu ihr. Ich frage: Hast du Menschen mit Migrationshintergrund gegenüber Vorurteile?

»Ich guck erst mal, wie sie oder derjenige halt ist. Also wenn die jetzt so wie die meisten sind, also so richtig feindlich, sag ich jetzt mal, dann seh ich da keine Vorurteile.«

Wie meinst du das? Feindlich? In Bezug auf was, oder –?

»Auf unser Land ... also feindlich gegen Deutschland, halt einfach, allgemein. Weil die sind ja eigentlich nur zu Gast hier und denken, ja, sie können jetzt alles machen, sag ich jetzt mal.«

Ich frage sie noch einmal, ob sie Vorurteile gegenüber Migranten hat.

»Ja, ähm, kann man jetzt nicht so genau sagen. Eigentlich nicht, sag ich jetzt mal.«

Aber es ist so ein »eigentlich«, ne?

»Ja, ein ›eigentlich‹. Ich weiß nicht, wie man das genau beschreibt. Mir fehlen da jetzt grad irgendwie die Worte.«

Ich habe eine letzte Frage. Was sie glaube, wie ihre Eltern reagieren würden, wenn ihr Freund Migrant wäre?

»Meine Eltern würden das auf jeden Fall schon okay finden, wenn sie ihn erst mal kennen – also, wenn ich jetzt sag, ja ich hab' jetzt 'nen Türken als Freund, dann würden die sagen: Ne, das geht nicht. Also, sie müssen ihn erst kennenlernen, und dann wird's okay sein, aber ohne das Wissen würden die wahrscheinlich nein sagen.«

Ich sage, dass wir fertig sind, und ihr Blick sagt mir: gut so. Ob sie mir sagen könne, wie sie heiße und wie alt sie sei. Sie schüttelt den Kopf. Wir verabschieden uns. Ich gehe.

Ich habe Pech gehabt, denke ich. Ich habe jemanden getroffen, der voller Vorurteile ist. Das heißt gar nichts. Zurück im Turm schäle ich ein paar Stangen Spargel und drei Kartoffeln. Hatte sie gesagt, dass die meisten Türken »feindlich gegen Deutschland« seien? Ja, hatte sie.

Ich gieße das Wasser aus dem Wasserkocher in die Töpfe und gebe Spargel und Kartoffeln hinein. Nebenbei läuft das Gespräch in Endlosschleife. Ich tippe mit und speichere die Aufnahme ab. Danach klicke ich mich von einer Seite im Internet zur nächsten. Nicht lange dauert es und ich stoße auf mehrere Blogs und Foren, in denen Beiträge veröffentlicht sind, die allen Asylbewerbern den Tod wünschen. Ich stoße auf einen Clip. Sein Urheber ist »WahrerSozialDemokrat«. Er soll uns auf die Realität hinweisen, oder besser: auf das, was uns allen angeblich droht. Zwei Minuten lang wird gezeigt, was uns die Asylbewerber alles wegnehmen würden – unsere Einfamilienhäuser, unsere Mädchen, unsere Arbeitsplätze.

Ich denke an Pfaffenhofen. Zurzeit haben hier im Landkreis 8 % der Bevölkerung einen Migrationshintergrund. Wie ist denn die Realität, frage ich mich, und schreibe eine Mail an die Stadtverwaltung. Die Antwort landet keine halbe Stunde später in meinem E-Mail-Postfach. Der Stadt Pfaffenhofen geht es besser denn je: gerade einmal 2 % der Pfaffenhofener haben keine Arbeit. Im Internet finde ich einen Artikel des Donaukuriers. Ich darf ihn nicht öffnen, weil ich kein Abonnent bin, die Überschrift aber, die darf ich lesen: *Arbeitslosenquote auf historischem Tiefstand.* Ich esse, ich wasche ab und gehe wieder auf das Platzl.

Was ist, wenn das Mädchen von vorhin kein Einzelfall war? Was ist, wenn das Fehlen von Neonazis noch lange nicht bedeutet, einen Überschuss an Weltoffenheit vorzufinden? War ich so naiv? Ich weiß es nicht.

Neben dem Wasserspiel, vorne am Rathaus, sehe ich eine Mutter mit Kleinkind. Ich setze mich neben sie auf die Bank und wieder frage ich, ob sie den Stadtschreiber kenne, dass das nämlich ich sei und wieder verneint sie lachend. Wieder spüre ich warm eine Röte in mein Gesicht steigen. Ich sage, dass das nichts mache, dass ich aber trotzdem ein paar Fragen hätte. Sie schaut mich an, sie lächelt, mir fallen ihre grünen Augen auf. Sie hält die Hand ihres Mädchens, das fasziniert ist vom Wasserspiel. In vielen Strahlen schießt es in den blauen Himmel. Immer noch bin ich wütend und empört wegen des Clips und den Antworten des Mädchens. Ich möchte ein klares Bekenntnis und frage: Glauben Sie, dass Migranten allein wegen des Geldes nach Deutschland kommen?

»Man kann sie nicht alle über einen Kamm scheren. Es gibt mit Sicherheit viele schwarze Schafe, aber es gibt genauso viele, die wirklich do sein, um zu arbeiten und – da sollns auch herkomm, da hab' ich kein Problem. Aber es is a mit Sicherheit auch viele mit da, die wirklich nur zum Handaufhalten kemme, ja.«

Haben Sie da mal welche kennengelernt?

»Nein, na, persönlich jetzt nicht, man hörts halt a bloß so. Aber ich bin halt immer der Meinung, es gibt halt solche und solche. Aber, ähm, de was zu uns kommen wollen und hier arbeiten will, die sich wirklich

bemühen, die sein jederzeit willkommen, meiner Meinung nach – aber, sie solln sich a bissl anpassen, des is a ganz wichtig.«

Was meinen Sie mit anpassen?

»Meiner Meinung nach konns net sein, dass wir Moscheen bauen müssen und die Leute immer nur mit Kopftuch rumlaufen, wenns do bei uns leben wolln, weil, äh, i glaub net, das wenn i halt in die Türkei geh, dass i da meine katholische Kirche do hingestellt krieg, bin i mir sicher, aber mir übertreiben da immer, und das ist typisch Deutsch, wir übertreiben alles und des i a bissl ... bissl a Problem, meiner Meinung nach.«

Wenn sie könnten, würden Sie etwas ändern? Gesetzgebung? Moscheen?

»Do – mit Sicherheit, do wär i dagegen. Es ist jeder willkommen, aber muss ich dann wirklich da, denen ihr Glauben mit ins Land bringen? Der kann beten auf seiner Terrassen, in seinem Wohnzimmer – is mir egal. Aber er muss doch, wenn er ins Land kommt, sich an das Land anpassen können. Des is mei Meinung. Andersrum find ichs nicht okay. Also, des tat i ändern, ja.«

Also keine – also ... sozusagen: Hier leben ja, aber in Moscheen beten – warum?

»Ganz genau, warum solln wir a Moschee bauen, die haben wir seit tausenden Jahren net gebraucht, wenn die in einem Land leben, wo's ein andern Glauben gibt, einen anderen Gott, Katholiken, andere Leut, aber dann a Moschee bauen auf einmal – ich kann mir nicht helfen. Des is mei Meinung. Leute, die Hilfe brauchen, weil in deren Land is Chaos, da geht alles unter, die solln gerne kommen. Aber es gibt halt auch diese Schmarotzer. Des is halt immer des. I glaub, da wird zu wenig drauf geachtet, wer is wirklich wer. Wir können wahrscheinlich Leut nicht aufnehmen, die wirklich Hilfe brauchen, weil andere die Plätze vielleicht besetzen, sag i jetzt a mal vorsichtig, die wirklich nur nix tun möchten

und unseren Sozialstaat ausnutzen. Des is halt das Schwierige, und es is bestimmt technisch auch nicht machbar, dass man die auseinandersortiert. Aber a bissl mehr dahinter sein, das bin i schon.«

Ich bin in Pfaffenhofen, einem Ort, in dem es jedermann gut zu gehen scheint. Wieder habe ich jemanden getroffen, der zu großen Teilen das ist, was man als fremdenfeindlich bezeichnen könnte. Die folgenden Tage bringen keine Besserung. Ich spreche einen Jungen an, zwei Rentner, eine ehemalige Lehrerin. Der Tenor ist der gleiche:

Im Prinzip kommen die her, um uns auf der Tasche zu liegen und zu faulenzen. Sicher, nicht alle, aber eben immer mehr. Persönlich kenne ich keinen, nein.

Anfang Juni schlendere ich durch Pfaffenhofen. Es ist drückend heiß. Ich kicke eine Dose vor mir her, heute Abend spielt Deutschland gegen Portugal. Ich sehe einen Jungen vor dem Jugendzentrum, unweit des Flaschlturms, er wird aus Syrien kommen, oder Ägypten. Wieder denke ich an den Videoclip, der uns angebliche Realitäten zeigen wollte. Steht dort also jemand, vor dem wir uns in Acht nehmen müssen? Jemand, der hergekommen ist, um hier ein Faulenzerleben zu führen? Ich gehe zu ihm und stelle mich vor. *Fragen*, sagt er lachend, *kein Problem*.

Er heiße Souhaib, sagt er, sei 14 Jahre alt und mit seinen Eltern hierhergekommen, geflüchtet vor dem Krieg in seiner Heimat Syrien. Ich verschweige, dass ich bis jetzt ausschließlich Menschen kennengelernt habe, die in ihm einen Schmarotzer sehen. Souhaib schaut gegen die Sonne. Mit der Hand schirmt er seine Augen ab. Über seiner Oberlippe sprießt ein erster Flaum. Wir sitzen auf einer Stufe des Eingangsbereichs. Ich schalte mein Diktiergerät ein. Ob er mir seine Geschichte erzählen könne, frage ich, er lächelt.

»Also, Leute will unser Präsident nicht, als nicht unser, also, ich bin Palästinien, ich habe eine syrisch Passport, ich bin da gewohnt, und, äh, ja und er hat diese Leute tot ... also, also, wie heißt das?

27

[erschossen?] Ja genau, tot gemacht, und wir haben Ägypten gefahren ... und wir haben von Ägypten im Meer gekommen. Mit einem so kleinen Boot. Weil, wir waren einhundert und etwas und diese Boot hat nur fünf Personen, nur fünf bis zehn, weil gibt alle Muslimen will niemand ohne Kopftuch, ja, ähm, auch erschossen diese Mädchen ...«

Hast du gesehen, wie sie erschossen wurde?

»Ja, und das ist, das war voll schrecklich, also, wir sind nicht so. Und ja ... und, ja, von Ägypten nach Italia, also im Boot sechs Tage, und dann von Italia, also Polizei Italien ... also, die italienisch Polizei, die, äh, nein, telefonieren, und dann wir haben gesagt, wir kommen und so, weil wir sind von Ägypten und alle machen uns tot, weil gibt auch noch eine Krieg von Ägypten. Ja, und dann von Italia wir fahren nach Deutschland und ich lebe hier und so.«

Du bist jetzt seit acht Monaten in Pfaffenhofen, oder?

»Ja, seit acht Monat, neun Monat.«

Und hast du vorher schon Deutsch gesprochen?

»Ne.«

Du sprichst super gut Deutsch, also acht Monate, krass, also Respekt.

»Danke!« (lacht.)

Planst du in Deutschland zu bleiben?

»Ja, das, ja, also, ja, die Deutschen haben mir geholfen, Deutschland, also wenn ich komme hier, ich habe gekommen ohne Schuhe. Ich war in Syrien, mein Vater hat fünf oder sechs Geschäfte, also ich habe alleine,

was ich will, mein Vater gibt mir und dann ich habe von Syria zu hier gekommen, ohne Schuhe, verstehst du. Das ist schwierig zu verstehen.«

Hast du einen Plan für die Zukunft? Schule, Arbeit, Familie, Frau, Kinder?

»Also, ich weiß es nicht, aber ich will hier arbeiten, aber ich will lernen, ich will nicht Hauptschule bleiben, ich will, also, Hauptschule macht dann Berufsschule, ich will andere Schule gehen und dann lernen. Doktor, also ... keine Ahnung, wie heißt das auf Deutsch, gibt viele ... Arzt, Doktor heißt das, ja? Äh, und, äh, ja.«

Zurück im Turm denke ich an die Mutter, die mir erzählte, es gebe immer mehr, die nur die Hand aufhalten würden. Was würde sie zu Souhaib sagen? *Ach, der Arme, ja, so einen meine ich aber nicht, ich meine die anderen, die Schmarotzer, nicht den da, nee ...* Ich frage mich, wo die Schmarotzer sind. *Vielleicht,* würden meine bisherigen Interviewpartner sagen, *vielleicht hast du auch einfach Glück gehabt, es sind ja nicht alle Schmarotzer. Es werden aber eben immer mehr, verstehst du ...*

Der nächste Tag beginnt mit einer sauren Milch, die ich in den Abguss gieße. Ich trinke meinen Kaffee schwarz. Seit Tagen bemalen zwei Arbeiter die Fassade des Hauses gegenüber, cremeblau. Ich bin mir sicher, dass es Türken sind, das ist die Schublade, in die ich beide gesteckt habe, schon vor drei Tagen. Gleich, wenn der Ältere der beiden mir erzählen wird, dass er ein Lyriker aus dem Kosovo sei, werde ich mich schämen, still und für mich. Aber der Reihe nach:

Ich gehe mit meinem Kaffee in der Hand aus dem Turm und spreche sie an. Dass ich einen Text über Migranten schreibe, ob ich mit ihnen reden könne. Ja, kein Problem, sagt der Ältere. Mit einem Satz springt er von der Brüstung, legt seine Rolle ab und wischt die Farbe mit einem Tuch von seinen Händen. Wir sind die Einzigen auf der Straße, es ist kurz nach sieben Uhr am Morgen und schon knapp 30 Grad warm. Wir gehen in den Schatten meines Turmes. Der Kies knirscht unter unseren Schuhen. Ich schalte das Aufnahmegerät ein. Ich frage:

Bist du zufrieden mit deinem Leben in Pfaffenhofen?

»Ja, ... also – wir sind mit offenen Händen aufgenommen worden. Das deutsche Volk hat uns geholfen in schwierigen Zeiten, aber wir mussten natürlich arbeiten, dass wir Geld verdienen und nicht nur von Sozialkasse leben. Seit '92, seit 20 Jahren – ohne Unterbrechung – habe ich jetzt gearbeitet.«

Fühlst du dich zuhause hier?

»Im Endeffekt, seit die Kinder da sind, schon einigermaßen. Aber andererseits, ich bin also unten geboren, groß geworden, habe Schule unten gemacht, und jetzt seit 20 Jahren meine Heimat verlassen, ich denke als im Hintergrund, dass ich als Rentner wollt ich gern in meine Heimat zurückkehren und dort sterben sozusagen.«

Ob er Schwierigkeiten hatte, akzeptiert zu werden, frage ich.

»Am Anfang war es schon schwierig, also reinzugehen in die normale Gesellschaft. Ich habe Fußball gespielt und ich war der einzige Ausländer in dieser Mannschaft und habe gemerkt, da war am Anfang Abstand.«

Ich habe jetzt schon mit vielen Pfaffenhofenern gesprochen und die Grundstimmung ist die, sie sagen: Ausländer, die flüchten, wo Krieg ist, die sind willkommen in Deutschland, aber sobald sie eine Moschee bauen wollen oder wenn sie nicht arbeiten wollen ... Es sind ganz viele, die nicht arbeiten wollen und das finden wir schlecht, und ich habe das Gefühl, dass nur durch die Zeitung oder Fernsehen Leute denken, dass viele nicht arbeiten wollen. Ich glaube, 99 % der Ausländer wollen arbeiten. Hast du das schon mal gemerkt, dass Leute so seltsam zu dir waren?

»Also am Anfang war es schwierig, in einer Zeit, in der wir nicht arbeiten durften, wir hatten keine Arbeitsgenehmigung bekommen. Also, ich rede für mein Volk, für Kosovaren. ... Die Leute sind unter Achtzehn, die vom Kosovo ausgewandert sind. Nicht, dass sie wollten hierherkommen, sie sind gekommen durch Gewalt, sie wurden verfolgt, wenn wir erwischt wurden, genommen, an Front geschickt, Krieg, und die wollten das nicht, und sind ins Ausland, ganze Bevölkerung im Kosovo wurde arbeitslos, einfach rausgeschmissen, waren auf der Straße ohne Einkommen, die junge Generation, die herkam, die wollte unbedingt was verdienen, das die Familie ernährt, also, unten war Ghetto, ohne Arbeit, keiner hat gearbeitet, alles was war, albanisch, wurden rausgeschmissen.«

Uns beiden ist warm. Ihm stehen Schweißperlen auf der Stirn, ich wische mein Gesicht mit meinem T-Shirt ab. Immer wieder lugt der Kopf seines jungen Kollegen um die Ecke des Turms. Ich hatte vorhin großspurig damit angegeben, dass wir nur fünf Minuten bräuchten. Ich frage ihn, ob er mir das mit den Gedichten noch einmal erklären könne.

»Ich schreibe seit meiner Kindheit, einfach aus Langeweile, Gedichte, und damals haben in den Schulzeitungen und Kinderzeitungen im Kosovo früher ... aber richtig nach dem Krieg, also 2002 das erste Buch, also Gedichtband, 2010 das zweite und heuer das dritte. Sind mehr mit sozialpolitischer Bedeutung. Denn ich habe dieses Elend erlebt. Ich schreibe was, also ... über das muss ich schreiben, was du erlebst, da schreibst du drüber.«

Wieder schaut sein Kollege nach dem Rechten. Ein Blick trifft meinen Gesprächspartner: *Los, wir müssen weiter machen.*
Ich habe eine letzte Frage, ich habe ja mit Leuten gesprochen, die sagen: *Ja, es gibt solche und solche Ausländer, aber es werden immer mehr, die nicht arbeiten wollen.* Ich habe das Gefühl ... das ist nicht wahr. Es gibt so viele Leute

31

wie dich, die arbeiten gehen, die gut sind für dieses Land, für Deutschland. Was sagst du zu Leuten, die sagen: Es gibt immer mehr Ausländer, die nicht arbeiten wollen, die nur Geld haben wollen?

»Also ... ich denke nicht so. Ich bin dagegen. Ich bin im Bau beschäftigt, und die Mehrheit hier sind Ausländer. Ich kann nicht für ganz Deutschland sprechen, aber in dieser Umgebung hier, Pfaffenhofen, ich kenne fast alle Albaner, mit Familie mit Kindern und so. 99 % sind beschäftigt mit Arbeit. Die haben viele Häuser hier gekauft, Wohnungen, die fühlen sich hier mehr wohl als im eigenen Land, die zweite und dritte Generation sind schon da und die fühlen heimisch hier.«

Die nächsten Stunden verbringe ich in meiner Küche, der kühlste Ort im Turm. Ich tippe das Gespräch ab, ich höre mir noch einmal an, was die Pfaffenhofener ohne sogenannten Migrationshintergrund gesagt haben, danach die Aufnahmen der Migranten – ich stelle mir vor, was mir jemand sagen könnte nach der Lesung im Rathaus, oder jemand, der diesen Text irgendwann liest: *Du hast nicht wissenschaftlich gearbeitet, das hat alles keinen Wert, du hast nicht fünfzig Personen befragt, nicht hundert, nicht tausend. Du hast eben ein paar Migranten erwischt, die arbeiten oder direkt nach der Schule arbeiten wollen, die Realität sieht aber anders aus, da musst du nur mal den Fernseher anschalten.* Ich könnte tief durchatmen, um Fassung ringen und antworten: Hör mal zu, dass der junge Syrer froh ist, hier leben und lernen zu können, ohne Gefahr zu laufen, ermordet zu werden, das ist die Realität. Dass der Kosovare hier arbeitet, seit 1992 und sich engagiert, das ist die Realität. Dass die Gesichter der anderen Migranten, mit denen ich gesprochen habe, dass diese Gesichter lächelnd von ihrem Leben hier erzählt haben, das ist die Realität. Denn dieses Leben hier ist sicher. Dass die 60-jährige Aisha aus Algerien den Tränen nahe war, als sie von ihrer Heimat und den Zuständen dort erzählte, das ist genauso Realität wie die Tatsache, dass ihr erwachsener Sohn, in Deutschland geboren, in den Augen des Mädchens, das ich zu Beginn interviewte, erst einmal ein *Ausländer* ist und vielleicht auch für immer bleibt; obwohl er hier arbeitet, Steuern zahlt und *heuer* sagt und *mia* und *servus* und so bayrisch ist, wie man nur bayrisch sein kann – all das ist die Realität, und sie macht mich wütend. So wütend, dass ich an diesem Tag erst spät in den Schlaf finde.

Ich muss wieder an das Video denken, an Dortmund und den aufgebrachten Mob, der glatzköpfig und Fahnen schwenkend rechtsextremistische Parolen schreit – an etwas, das eindeutig als Rassismus benannt wird und allgemeinhin als Gefahr wahrgenommen wird. Diese Gefahr aber kommt nicht allein von der NPD-Zentrale in meiner Nachbarschaft oder von den Neonazis vor dem Dortmunder Rathaus, sondern existiert genauso in der Mitte der Gesellschaft, auch wenn sie nicht durch sichtbare Symbole offen bekundet wird. Fremdenfeindlichkeit beginnt im Kleinen mit einer Haltung, die man bewusst oder unbewusst einnimmt: Indem man pauschalisiert, Misstrauen hegt, bedingungslose Anpassung und Dankbarkeit erwartet, indem man Menschen nicht als Menschen, sondern als Ausländer, Migranten etc. sieht. Indem man im Vorübergehen einen Mann für einen türkischen Bauarbeiter hält und erst beim zweiten Blick feststellt, dass es sich um einen Lyriker aus dem Kosovo handelt. In dieser Nacht in Pfaffenhofen nehme ich mir vor, genauer hinzusehen, bei mir und meinem Gegenüber, und wünsche mir, dass das auch andere tun – in Dortmund, Pfaffenhofen, Leipzig oder anderswo.

Vita Matthias Jügler

Matthias Jügler, der erste Lutz-Stipendiat, wurde 1984 in Halle/Saale geboren. Er studierte Skandinavistik in Greifswald und Oslo, zudem Literarisches Schreiben am Deutschen Literaturinstitut in Leipzig. Nach seinem Stipendium in Pfaffenhofen tat er sich als Herausgeber zweier Anthologien hervor: „Wie wir leben wollen. Texte für Solidarität und Freiheit" (Suhrkamp, erschienen 2016) und „WIR. GESTERN. HEUTE. HIER." (Piper, erschienen 2020), erhielt weitere Stipendien und arbeitete journalistisch, als Übersetzer und als freier Lektor.

Matthias Jügler hat bisher drei Romane veröffentlicht. Sein Debüt „Raubfischen" erschien 2015 bei Blumenbar, ein Auszug aus diesem hatte ihm das Lutz-Stipendium beschert. „Die Verlassenen", sein zweiter Roman, erschien 2021 bei Penguin. In diesem nimmt er ein erstes Mal in Romanform die DDR-Geschichte in den Blickwinkel. Für sein bisheriges Werk erhielt Matthias Jügler 2022 den Klopstock-Preis für neue Literatur.

2024 wurde dann sein dritter Roman veröffentlicht, „Maifliegenzeit", ebenfalls bei Penguin, ein Familienroman über ein bis dato noch nicht ansatzweise aufgearbeitetes Thema, für tot erklärte Säuglinge in der DDR. Für diesen Roman wurde Matthias Jügler erneut ausgezeichnet, mit dem Rheingau Literatur Preis 2024, auch errang er einen Tagessieg bei dem Wortspiele-2024-Festival in München. Zudem fand der Roman enormen Zuspruch seitens des Feuilletons.

Der Marktplatz von Kleindlfing ist rechteckig wie eine Haustüre.
Oben steht die Kirche mit einem hohen Turm, auf den die
Kleindlfinger sehr stolz sind, unten schließt das Rathaus den
Platz ab.
Auf dem Marktplatz haben die Geschäftsleute ihre protzigen Häuser
und dazwischen stehen, rechts und links gerecht verteilt, acht
Brauereien. Unweit der Kirche spreizt sich, in etwas gesonderter
Bauart, das Bezirksamt.

(S. 5)

Marko Dinić
Kleindlfing oder Das große Spiel vom kleinen Ich, das nicht gesehen werden wollte (2015)

Abend

die dunkelhäutige Frau in der gegenüberliegenden Ecke des Cafés, gleich neben der Tür, starrt ausdruckslos über ihr Essen hinweg und hält dabei das Glas Rotwein leicht mit Zeige-, Mittelfinger und Daumen umklammert. Sie steht auf und geht in Richtung Notausgang, dreht wieder um und verschwindet hinter dem toten Winkel, dort, wo ich die Toiletten vermute. Das Café ist bis auf uns Übriggebliebene leer. Die Frau kehrt zurück auf ihren Platz in der Ecke des Cafés, umklammert das Rotweinglas auf dieselbe Art und Weise ohne es anzuheben und verharrt wieder in Gedanken. Ihre Augen fixieren einen bestimmten Punkt im Raum, der meine Aufmerksamkeit auf sich ziehen will. Ich finde ihn nicht. Ich schaue ihr noch einige Sekunden zu, dann ist der Wunsch nach Klärung verflogen und ich wende mich wieder dem monotonen Geklappere meiner Finger auf der Tastatur zu. Die wenigen Impulse, die ich an ein Inneres trage, beschränken sich auf dieses Gerät, das mir nun nach längerem Hinsehen Kopfschmerzen bereitet. Ich lege meine Arbeit beiseite und lese, dass Schriftsteller und Übersetzer Harry Rowohlt gestorben sei. Noch ärmer ist die Welt geworden, denke ich, und alles Stumpfsinnige würde sogar den nuklearen Holocaust überleben, der auf den nächsten Seiten der Online-Zeitung als mögliches Szenario einer Eskalation der Ukraine-Krise dargestellt und erläutert wird. Dann wieder zurück zur Liste, an der ich schon seit einigen Jahren schreibe und die bald 20.000 Seiten zählen wird, ein konfuses Unterfangen, das als Zeitvertreib angefangen und sich in den letzten zehn Jahren mehr und mehr zu einem alltäglichen Wahn entwickelt hat. Ich klappe den Laptop zu.

auf der gegenüberliegenden Seite flimmert die Küche hinter einer massiven Flügeltür mit zwei Bullaugenfenstern oberhalb der glattpolierten Silberknäufe. Die Köchin lugt mit ihrem Gesicht durch das Rund des linken Fensters, bevor sie in den Barbereich tritt und die Kaffeemaschine zu ihrer Rechten mit ihren rauen Köchinnenhänden befühlt, ob diese noch betriebsbereit sei. Der blanke Edelstahl ist kalt geworden. Die Maschine wurde bereits vor zwanzig Minuten von der blonden Kellnerin abgeschaltet. Die Kellnerin trägt einen im Barhalbdunkel schwer zu entziffernden Schriftzug als Tattoo leicht unterhalb der Ellbogenwölbung. Auf dem anderen Arm prangt ein kleines Dreieck als vermeintlich geheimes Zeichen, das die Phantasie der Kundschaft anregen soll. Ihre Fingernägel verraten einen blausilbernen Schimmer, über den zusätzlich Glitzer geschmiert wurde, sodass es billig ausschaut. Sie lispelt und flirtet, trotz des Verlobungsrings an ihrer linken Hand, emsig mit dem geschätzte zwei Meter großen Barkeeper, der sich zu der von ihr angebotenen Heimfahrt nach Feierabend kein zweites Mal überreden lässt.

Die Köchin beachtet das Gekicher der beiden nicht. Sie dreht sich um, lässt ihren Blick von links nach rechts schweifen und grüßt mich verhalten mit einem Nicken. Ich schätze ihr Alter auf Ende sechzig. Ihr Gesicht ist gekerbt wie der Querschlag eines Baumstammes. Jede Rille fein liniert über ihrem Gesicht und untermalt durch das Wechselspiel zwischen Barhelligkeit und Bardunkel. An den Schläfen lassen manche der hennagefärbten Haare den eigentlichen Silberton durchschimmern, den man wie Chroniken ganzer Generationen lesen möchte. Ihre glatten dunklen Augen schauen noch eine Weile in die Tristesse der dienstäglichen Barlandschaft wie auf braches Land.

Die zwei Gäste, die dunkelhäutige Frau und ich, wie durch Stundenglas, das die Realität zu etwas Neuem formt. Das Neue, das keinen Namen hat und einem manchmal Realität vorgaukelt. Bin ich nicht hier, nicht der, der ich vorgebe zu sein ... Oder vielleicht doch, und wahr ist nur das Gewesene, aber auch das nur hinter vorgehaltener Hand, ein Spiel, das nur ein Ich im Raum kennt, eine halbe Ewigkeit vom Getippse bis hin zum ruhenden Rotweinglas einer mit ihrem Blick in der Bar Umherschwirrenden, deren Stummheit etwas Klingendes trägt, etwa wie die Wegzehrung eines im Kreis gehenden Landstreichers oder die schal umbordete Gestalt eines Zaren, die sich einige Augenblicke später als im Stich gelassener Tierkadaver vor die Pupillen schiebt. Nur nicht für immer. Das Spiel läuft an und ich stehe auf. Die Köchin ist hinter der schweren Küchentür wieder verschwunden.

von einer Bank in der Nähe des Sandkastens, der sich bei späterer Betrachtung und Tageslicht als Boccia-Bahn entpuppen wird, beobachte ich den grün gestreiften Polizeiwagen, der vor dem Marienbrunnen gehalten hat. Die zwei dunklen Gestalten, deren Umrisse mir unmissverständlich bedeuten, dass es sich um zwei Männer handeln muss, werden vom heruntergekurbelten Fenster des Polizeiautos heraus nach ihren Ausweisen gefragt. Die Kontrolle dauert circa fünfzehn Minuten. Was war vorgefallen? Sind das etwa die Verdächtigen, beschuldigt, dieses und jenes Verbrechen begangen zu haben, von denen einige Lokalzeitungen wie von Jahrhundertereignissen berichten? Wo befindet sich diese und jene Polizeistation, in der die potenziellen Schuldigen dieses Abends abgeführt werden sollen, falls es wirklich die Verdächtigen dieses und jenes Verbrechens sein sollten? Nichts geschieht. Diese und jene Verbrechen – frei erfunden. Den Gestalten werden die Ausweise zurückgegeben. Ich erkenne, wie der eine Polizist vom Beifahrersitz aus noch etwas zu den beiden sagt. Dann löst sich die Kupplung langsam und der Wagen verschwindet hinter der Kurve die Scheyerer Straße runter. Im Dunklen bemerke ich die Glut einer Zigarette, die sich eine der Gestalten kurz darauf angezündet hat. Ich stehe auf und gehe an den beiden vorüber. Ich erkenne, dass das einzige Verbrechen, das sie vermeintlich begangen haben könnten, darin bestand, dagesessen und Bier getrunken zu haben.

einige Schritte den Marktplatz hinauf, vorbei an den dunklen Fensterreihen eines Verwaltungsgebäudes, das, wie jedes Verwaltungsgebäude, gehalten in der Verwaltungsgebäudefarbe Taubengrau, auf mich mit Einspruch reagiert. Die Dinge, die ihre Konturen bekommen, reagieren immer im Verhältnis Ich zu Raum zu Taubengrau, wie eine wilde Träumerei, die vom einfachen Spiel zu etwas Großem aufgebauscht wird. Ein großes solipsistisches Unterfangen, das seine Bestätigung in einer ganz bestimmten Geste sucht, etwas, das dieses Ich aus der Sackgasse rausführen könnte. Kein Mensch zu sehen. Ich drehe mich um und bemerke, dass auch die zwei Brunnengestalten das Weite gesucht haben. Ein kühler Wind geht und einige dunkle Wolken haben sich zwischen die Abenddämmerung und eine klare Sichelmondnacht gedrängt. Kein Mensch zu sehen. Der Satz hat sich zwischen meinen Zähnen eingenistet und trübt mir die Sinne, die auf Nachtmodus geschaltet sind. Und immer wieder den Marktplatz hinauf, vorbei an den dunklen Fensterreihen eines Verwaltungsgebäudes, das sich als dasselbe Verwaltungsgebäude in der Verwaltungsgebäudefarbe Taubengrau immer und immer wieder herausstellt. Rechts die Biegung, hinter ihr die vermutete Einöde, am Brunnen vorbei, am unteren Platzende Richtung Rathaus, wo sich das Café befindet, in dem ich noch vor einigen Minuten gesessen und über nicht angehobene, halbleere Rotweingläser, Harry Rowohlts jähes Abkratzen und die Liste gegrübelt habe. Dann wieder zurück, den Marktplatz hinauf, vorbei an dunklen Fensterreihen, wiederkäuend, mehrmägig, Anfangssätze aus meiner monumentalen Liste leise vor mich herschiebend wie schlechte Gewohnheiten. Sätze wie: *Dem Monteur Josef Bloch, der früher ein bekannter Tormann gewesen war, wurde, als er sich am Vormittag zur Arbeit meldete, mitgeteilt, daß er entlassen sei;* oder: *21.3.1946: auf britischem Klopapier;* oder: *Ich kann mir denken, daß diese Tatsache ungeheuerlich wirken muß;* oder: *Es war Frühling, eine heiße Dämmerstunde am Patriarchenteich;* oder: *Ich denke, ich habe eine Lösung für das Ehefrauenproblem gefunden;* oder: *Hinter dem Eisregenschleier erhob sich die riesige Silhouette von Bluff House über Whiskey Beach.* Das System ist einfach: Ich entnehme Romanen und Erzählungen Anfangssätze und füge sie in meine Liste. Dabei folge ich keinem bestimmten Kriterium, die Auswahl steht zwischen hoher Literatur und absolutem Schund vollkommen willkürlich in der Papierlandschaft. Manchmal verbringe ich Stunden im Buchladen und greife mir einfach die neuen Sätze von den Regalen in einer Geschwindigkeit, dass die Verkäufer gerade mal Zeit haben zu schmunzeln und sich zu wundern, nicht aber nachzufragen. Von wem die Sätze geschrieben wurden, ist ebenso unwichtig wie die Tatsache, dass ein mancher in der Vergangenheit meine Arbeit durch die Attestierung von Zwang oder Wahnsinn schmälern wollte. Doch ich bin mir der Wichtigkeit meiner Aufgabe bewusst. Ein Scheitern wäre fatal, für alle. Wahrscheinlich ist meine Aufgabe das Eindeutigste an der ganzen Sache, freilich nur mir klar und nur dafür bestimmt, aus der Welt den Ort zu machen, der allgemeine Zustimmung unter allen Lebewesen erfahren soll. Wie das geht, lässt sich ebenso leicht erschließen, wie die Bedienungsanleitung eines Taschenrechners durch einen Dreijährigen oder die Teilchenspaltung in CERN durch einen Astrophysiker. Die Imagination eines Knopfdrucks, durch den ein Gottespartikel freigesetzt wird und sich – einer Schlange gleich – selber in den Schwanz beißt. Der Anfang also, nur ein wenig zeitversetzt. Dass ich dabei hier gelandet bin, vor diesem Verwaltungsgebäude in Taubengrau, in dieser Klein-stadt, unschlüssig hin und her torkelnd, stört nur insofern, als dass ich nicht weiß, wie ich hierhergekommen bin. Es muss irgendwann mal zwischen den Sätzen –*!Keiner betritt noch 1 Mal diese Ruine;* und: *Wir, sage ich zu meiner Schwester, sind noch gut davongekommen* passiert sein. Ein einziger Satz wie eine Zumutung. Ein Dorn, den zu ziehen schmerzhafter ausgefallen wäre, als ihn noch tiefer in die Wunde zu drücken und ihn somit als Teil meiner selbst durch die Gegend zu tragen. Dabei war der Satz noch unscheinbarer als vielleicht andere Anfangssätze, die ich in den letzten Jahren gesammelt hatte. Sein plötzliches Aufkommen, fast ein Witz, eine Bagatelle, weniger als ein dummer Zwischenfall, der sich zwischen diesen und jenen Buchdeckeln wie ein entfesselter Brand von einem Dorf in das nächste schleicht und dabei seine Opfer bis zum Erstickungstod quält: *Der Marktplatz von Kleindlfing ist rechteckig wie eine Haustüre.*

der Marktplatz von Kleindlfing ist rechteckig wie eine Haustüre. Ich wieder-holte und wiederholte, stundenlang, tagelang, Monate. *Der Marktplatz von Kleindlfing ist rechteckig wie eine Haustüre.* Die darauffolgenden Recherchen dauerten, dauerten über ein Jahr. Das Internet gab am wenigsten her. Einige Hinweise auf Blogs irgendwelcher Spinner, die mit ihren Verschwörungs-theorien und verpixelten Landkarten Gespenstern hinterherjagten, brach-ten mich nicht weiter. Die Suche nach Kleindlfing in modernen Landkarten blieb auch ohne Erfolg. Das anschließende Stöbern in alten Karten des Kö-nigreichs Bayern, die Fraktur, die mir die Dioptrien hochkurbelte und das erlösende Auftauchen des Ortes in den Annalen eines gewissen Lutz mitsamt einer Wegbeschreibung und detaillierter Auflistung der Dinge, die mir später in Kleindlfing unvermeidlich wiederfahren würden: Die dunkelhäutige Frau in der anderen Ecke des Cafés, das gekerbte Gesicht einer Köchin, zwei Ge-spenster am Marienbrunnen, ein Polizeiauto, die vom Schatten verrückten Dachgauben, Mütter, die in fremden Zungen sprechen, ein roter Riss in der Landschaft, geschwärzte Stellen und ein sonderbarer Fehler, der Kadaver am Straßenrand, die Bachstelze auf dem Wasser, die Zeitung unterm Trocken-gesteck, das Geschrei eines Säuglings, ein unerwartetes High-Five, der Tod des Dichters. Dann die emsigen Vorbereitungen vor dem Spiegel, die meine augenscheinliche Verformung wenigstens für die paar Tage Aufenthalt verbergen sollten, die schemenhafte Verkrümmung der Augenpartie und der Mundwinkel. Auf die Reise nehme ich nur das Nötigste mit: Laptop, Notizbuch, Waschzeug und die Klamotten, die ich am Körper trage. Schließlich lande ich heute hier, Kleindlfing, Bahnhof, leichter zu finden, als zunächst gedacht. Die Weisungen von Lutz: akribisch, bis ins Detail ausgearbeitet, sogar der Fahrplan des Zuges und das Bahngleis 21/2b am Hauptbahnhof München angegeben. Zunächst drehe ich eine kleine Runde, bevor ich den Hauptplatz betrete. Die wenigen Kneipen und Cafés, die es hier gibt, zähle ich an einer Hand ab, merke mir die Namen und die dazugehörigen Straßen. Zwei oder drei türkische Märkte in unmittelbarer Nähe des Hauptplatzes, ein Dutzend Restaurants, ein Kino, fünf Supermärkte und einige leerstehende Gebäude, an denen die Zeit schon Fassadenstücke abgenagt hat. In einer Stunde ist die Tour vorbei. Ich betrete zum ersten Mal über die Frauenstraße hinter dem hohen Gebäude, das das Rathaus sein muss, den Hauptplatz. Kein Mensch zu sehen. Ich komme viel zu spät am Marktplatz an. Die Dämmerstunde schlägt bereits, als ich das einzig offene Café betrete und mich in eine Ecke gegenüber der Tür setze, wo eine dunkelhäutige Frau ausdruckslos mit ihren Augen Löcher in die Luft bohrt und Punkte fixiert, die meine Aufmerksamkeit auf sich ziehen wollen. Ich öffne meinen Laptop und schaue mir die Liste nochmal durch, lese die Nachrichten, sinniere vor mich hin. Letztendlich der langersehnte Spaziergang über den Marktplatz von Kleindlfing, der, einer Haustüre gleich, mir nur bis zum taubengrauen Verwaltungsgebäude erschlossen bleibt. Dort, wo ich gerade brüte, erscheint mir der Rest oben hin zur Kirche als dunkler Schlund, den zu betreten fatal für mich und für andere wäre. War ich doch zu dieser Haustüre gekommen, um einzutreten, nicht sie einzurennen. War es nicht gerade dieser Anfangssatz, der mich wieder hoffen ließ, irgendwo in der Welt gäbe es noch so etwas wie eine Heimat und man braucht nur durch die Haustüre gehen und für immer hinter ihr bleiben, egal, was einen dort erwartet. Ein Nest, dessen Wärme irgendwo abgesondert hinter hohen rechteckigen Haustüren lebt. Ich verlasse den Hauptplatz und verschwinde hinter der Biegung vor dem

Marienbrunnen ins gefühlte Nichts auf der Suche nach einer Schlafgelegenheit unterm freien Himmel.

Mittag

der Sandkasten entpuppt sich bei Tageslicht als Boccia-Bahn. Trotzdem spielen Kinder darin wie in einem Sandkasten. Die Mütter haben sich zuhauf, die Kinderwagengriffe fest in ihren Händen, um die Bahn geschart und tauschen rege Neuigkeiten aus, die ich nur schwer entschlüsseln kann. Es wird Türkisch und Albanisch miteinander geredet, hier und da einige Fetzen Serbo-Kroatisch. Ich werde wacher. Ich setze mich auf dieselbe Bank wie gestern Nacht. Die Szenerie hat sich gewandelt. Menschen überall. Vor dem Marienbrunnen spielen einige Jugendliche in ihren aufgemotzten Karren einen auf dicke Eier. Auch das Taubengrau des Verwaltungsgebäudes ist bei Tageslicht einem Eierschalenweiß gewichen. Erst jetzt bemerke ich die volle Größe des Marktplatzes, der mehr Rechteck ist und jener Haustüre gleicht, als bei Nacht angenommen. Die Klinke ... Sehe ich nicht. Ein Schatten verrückt einige der Dachgauben oberhalb eines Bekleidungsgeschäfts in eine andere Perspektive und nimmt der Sonne ihren Platz für den Rest des Tages. Am oberen Marktplatz, zwischen der Kirche und der Stadtbücherei, erkenne ich einen roten Strich, der sich scheinbar zufällig ins Bild geschoben und einen Riss durch die Halbidylle gezogen hat. Ich stehe auf und gehe entschlossen auf den Strich zu, ohne drauf zu achten, dass ich meine gestern am Verwaltungsgebäude gezogene Grenzlinie schon längst überschritten habe. Plötzlich ist der rote Riss aus der Landschaft verschwunden und ein riesiger roter Stahlträger bohrt sich in das Gebäude der Stadtbücherei, das als Haus der Begegnung freilich auch in den Annalen des Lutz erwähnt wird.

Was jedoch in seinen Listen geschwärzt wurde, wird mir erst hier offenbart. Der Abgrund Kleindlfings, gekennzeichnet durch einen Riss in der Landschaft, schwer wie ein zehn Meter langer Stahlträger, die Geschichte der aufgrund ihrer Herkunft und Gesinnung Ausgeschlossenen, Geächteten, Ruinierten, Degradierten, Ausrangierten, Deportierten, Geschorenen, Verwahrlosten, Gepeinigten, Geschlagenen, Erschossenen, Erhängten, Sterilisierten, Vergasten, sich Stapelnden, Verbrannten und als Asche vom Himmel Niederregnenden, aber auch die Geschichte der Überlebenden, die eine Gegenwart nach dem Vernichtungslager aushalten mussten. Ich beginne zu lesen. Von Tafel zu Tafel wird immer klarer, dass überall dort, wo ich Heimat vermute, es solche Tafeln geben muss. In einem Zitat – zitiert wird ein Amtsschreiben der damaligen Barbaren-Behörden, das den Adressaten auffordert, sich sterilisieren zu lassen – wurde der zweite Buchstabe *i* im Wort *Eingriff* in der vierten Zeile von unten großgeschrieben, sodass es den Anschein hat, als würde *ELngriff* geschrieben stehen. Brechreiz ergreift meine Speiseröhre aus dem Hinterhalt und zwingt mich, mich auf den Boden zu setzen. Ich nehme meine Tasche von der Schulter und schaue runter zum Marktplatz. Nichts scheint sich zu bewegen. Kein Wind, der die Sommerhitze ein wenig abdämpfen könnte. Hinter meinem Rücken ertönt plötzlich ein Choral, erst leise, dann sich langsam zur falschen Andacht aufbauschend. Ich drehe mich um und erblicke hinter der Kirche den Raum, in dem gerade der Chor probt. Schweiß rinnt mir unkontrolliert die Schläfen runter, feine Adersträge runter bis zur Brust, die Atmung wiederum angepasst an die Hebungen und Senkungen der Bässe ungeübter Männerstimmen.

wie ich hierhergekommen bin, weiß ich nicht mehr. Ich sitze am Flussufer und umklammere meine Tasche wie eine Rettungsboje. Der Fluss ist trüb und still, nur einige Blätter zeugen von einer leichten Bewegung. Den Schotterweg hinunter erspähe ich durch das Gebüsch einige Joggerinnen. Dort muss eine Brücke sein. Vielleicht die Brücke, über die ich hierher gelangt bin. Der Schatten birgt keine Kühle. Es ist immer noch still. Den Wind erahne ich nur anhand zitternder Baumkronen, zu mir runter will er sich nicht gesellen. Ich stinke nach Schweiß und der letzten Nacht, die ich auf irgendeinem Feld mit der Tasche unterm Kopf verbracht habe. Ich packe die Kopie der Lutzschen Annalen aus, mit der ich bisher meinen Weg hier beschritt und betrachte die geschwärzten Stellen. Dort, wo die Opfer mit Namen genannt werden sollten, prangert ein tiefes Schwarz, das der Abart und dem Verbrechen ein Gesicht verleiht. Auf den nächsten Seiten geht meine Reise weiter, runter zur ehemaligen Langmühle direkt am Fluss, wo früher Weizen gemahlen wurde. Die Mühle, immer noch im Besitz der Familie Lang, sieht von außen verlassen aus. Innen toben die Maschinen weiter, reinigen die Turbinen vom Abfall des Flusses, dem Plastik und den vielen herabgefallenen Blättern. Ich blättere um und verfolge die nächsten Ereignisse: Der Kadaver, der anschließende Kopfschmerz, das Gefühl, das einen nicht verlässt, wenn einem das Schicksal abhandengekommen scheint, die Tür, der Tisch, die Bachstelze, das Trockengesteck und die Entdeckung der fünf Tage alten Lokalzeitung. Ich lege die Annalen wieder zum Laptop in meine Tasche. Seit gestern keinen Satz mehr in die Liste eingetragen. Der letzte Eintrag: *Nürnberg (Teilamnesie!), Klopse, Adventmarkt, Zimtstollen, wie soll man sich an ein Tribunal erinnern vor so vielen Jahren?* Ich mag Fragen als Anfangssätze nicht. Trotzdem. Kies knirscht unter meinen Schuhsohlen, als ich aufstehe und beginne flussabwärts Richtung Brücke zu gehen. Wenige Minuten später endet der Seitenweg. Ich stehe vor einem hellblauen mit Rostflecken übersäten Geländer. Zu meiner Linken eine alte verfallene Mühle. Sie scheint vom Anfang des vorigen Jahrhunderts zu stammen, liegt glatt auf dem Wasser auf, als würde sie jeden Moment davongetragen. Irgendwo aus dem Inneren dröhnt eine Maschine. Von außen sehe ich nur die Schlitze eines Filters, der Abfall vom Wasser trennt und ihn über ein halboffenes Rohr aussortiert. Ich drehe mich und gehe auf die Mühle zu, bleibe jedoch im Augenblick, da ich das Fell unter meiner rechten Sohle spüre, stehen. Jemand muss aus dem Auto gestiegen sein und den Kadaver auf den Gehsteig gelegt haben. Der steife Körper des Marders verrät mir, dass er vor wenigen Minuten überfahren wurde. Trotz der Hitze und der hervorgequollenen Eingeweide keine Fäulnis, kein Gestank. Blutkrusten haben die Bauchwunde wie einen Heiligenschein umrundet. Das geronnene Blut hat einen dunklen Ton angenommen, alles ist auf Tod gestellt. Nur der Glanz seines taubengrauen Fells verrät, dass etwas im Kadaver noch lebt. In meinem Hirn bläht sich der langsame Zellenabbau im Inneren zu einer feierlichen Prozession auf. Ein Impuls zuckt durch meinen Schädel und ich fasse mir an die schweißnasse Schläfe. Wirre Gedanken im Schlagabtausch mit einer Wahnvorstellung: Auf den Schultern eines hochgewachsenen Mannes durch die pöbelnden Massen getragen zu werden. Das Gefühl, nicht mehr Herr über das eigene Schicksal zu sein, in dem Moment, als der Mann dich fallen lässt, du kopfüber gegen den Boden schlägst und die Welt mit einem einfachen *KLACK!* verlässt. Die Liste! Dabei geht es gar nicht um die dunkelhäutige Frau, die rauen Hände irgendeiner Köchin, Harry Rowohlt, die als Sandkasten getarnte Boccia-Bahn oder den schrecklich einsamen Kadaver auf dem Gehsteig. Es geht um ebendieses Kleindlfing, um die Aufgabe, das Öffnen der Haustüre und die sofortige Rettung der Menschheit aus der Misere ihrer unzählbaren Leben, übervoll von geschwärzten Seiten, hinter denen die eigenen Ängste jedes und jeder Einzelnen hausen, sich unter Leichenbergen und Mauern und Bettlerbanden und Flüchtlingen und Holocaustwitzen und Fernsehern und Laptops und Coca Cola und Fastfood und Jesus und Discountern und Kinderarbeit und Religion und Regenwaldrodung und Katzenvideos und Kinderpornos und Ideologie und Parteien verstecken, um nicht selber dran glauben zu müssen. Kleindlfing ist Kleindlfing ist Kleindlfing ist Jerusalem ist Babylon ist Konstantinopel ist Beograd ist Jasenovac ist Bleiburg ist Nanking ist Dachau ist Nantes ist Salzburg ist Avignon ist Činiglavci ist Pfaffenhofen an der Ilm ist Srebrenica ist der letzte Anfangssatz in einer Liste von Anfangssätzen, die in genau dieses Schema passen, der Satz, der diesen Irrwitz ein für alle Mal beenden wird und wieder die Normalität ... ja die Normalität ... Die Norm ... und darüber hinaus ... Die Rettung ... Die Errettung der Millionen ... und aber ... und wo bleibt dieser Erlöser ... haben sie uns denn nicht versprochen ... uns Millionen ... abermals und ... versprochen versprochen ... dann immer und immer und immer und immer wieder ... versprochen und versprochen ... ...

... ... gegen meine Schädeldecke pocht als Schlagwerk mein Puls vermischt mit der Hitze eines merkwürdigen Nachmittages. Als ich wieder zu mir komme, bemerke ich, dass ich mich auf den Tisch gesetzt habe, der vor der Eingangstür der Mühle steht. Ich betrachte durch die halboffenen Augenlider die Stauung der Blätter auf dem Wasser. Auf der kleinen Blattinsel, die nicht größer ist als ein Tablett, landet plötzlich eine Bachstelze und verdreht leicht ihren schwarz-weißen Kopf nach oben. Dann fliegt sie wieder davon und verschwindet im Gegenlicht der Sonnenstrahlen. Ich knie mich runter zum Wasser und befeuchte ein wenig mein Gesicht und meine

Haare. Das Wasser ist kalt und lehmig. Als ich mich wieder umdrehe, bemerke ich unter dem Trockengesteck, das die ganze Zeit über auf dem Tisch lag, eine lokale Zeitung, die das Datum von vor fünf Tagen trägt. Ich gehe wieder auf die Brücke und hole meine Tasche, die ich während meines Blackouts liegengelassen habe. Um mich etwas zu zerstreuen, nehme ich die Zeitung, ziehe meine Schuhe aus und setze mich ans Betonufer, tauche meine Füße ins ölige und kalte Wasser. Ich fange an, wahllos zu blättern, die Kleinanzeigen zu lesen, die Fußballtabellen, die Ergebnisse der Regionalligaspiele, das Horoskop, als plötzlich ein kurzer Artikel wie ein elektrischer Schlag durch meinen Körper erzittert und mir wieder die Sinne schärft. Dabei war er die ganze Zeit hier, und jetzt so etwas, eine Bagatelle, ein winziger Artikel, weniger als ein dummer Zwischenfall, der Anfangssatz eines frischen Romans, ja eines Romanepos, der dieses Spiel endlich nach so vielen Jahren beenden könnte, direkt vor meinen Augen, die Haustüre, die schon einen Spalt breit offensteht:

Kleindlfinger Stadtschreiber und Autor M. D. stellt an diesem Wochenende Ausschnitte aus seinem gerade fertiggestellten Romanepos vor. Das drei Mal achthundert Seiten starke Werk, an dem Dinić die letzten dreizehn Jahre geschrieben hat, wurde überwiegend in Kleindlfing verfasst und trägt den Titel „Das große Spiel vom kleinen Ich, das nicht gesehen werden wollte"...

Vorabend

ich sitze im Café Zentrum in der Nähe des Turms, der vom Kleindlfinger Stadtschreiber M. D. bewohnt wird, trimme ein Bier nach dem anderen und grüble über mein Vorgehen. Auf dem Tisch neben meinem Bierglas steht ein Gewürzservice. Sowohl auf dem Salz- wie auch auf dem Pfefferstreuer ist ein breites P als Öffnung gestanzt. Gegenüber von mir fängt ein Säugling, der das Prinzip des mütterlichen Wiederkommens noch nicht verinnerlicht hat, an, lauthals in den Vorplatz hinein zu weinen. Einige Sekunden später kommt die Mutter zurück, nimmt ihr Kind in den Arm und versucht, es zu trösten. Das Kind schreit noch lauter. Ich stehe auf, schultere meine Tasche und verschwinde um die Ecke, ohne zu bezahlen. Meine Gedanken sind fokussiert.

Im Lutz lese ich keine Details. Doch klar sehe ich die Szene vor mir: Mein Eintritt, die Begrüßung des Dichters, das Kennenlernen, mein Ausdruck der Bewunderung und mein Anliegen, sein Schmunzeln und die anschließende Einladung zum Kaffee. Am Ende lässt er mich gewähren, ich schaue auf das Skript, auf dem in Großbuchstaben der Titel steht, eine Seite weiter der lang ersehnte letzte Anfangssatz. Die Haustüre öffnet sich und ich trete ein.

schon zuvor habe ich im Lutz gelesen, dass der Turm im Grunde kein Turm ist, vielmehr ein zweigliedriges Haus, das sich als Bogen hin zum nächstliegenden Gebäude spannt und einer Unterführung gleicht. Der Eingangsbereich mit jeweils zwei Fenstern zu beiden Seiten ist schmaler und niedriger als der Hauptraum, der als dicker gewölbter Klotz in der Schwebe zwischen Luft und Erde ein merkwürdiges Bild abgibt. Der kleine öffentliche Kräutergarten des Turms ist umzäunt. Im Garten selbst steht neben einer Bank auch ein Brunnen, in dem sich der Abfall der Jugendlichen sammelt, die jeden Abend vor dem Turm um die Wette qualmen. Der Stadtteil drum herum gilt, Lutz zufolge, als das Scherbenviertel von Kleindlfing. Fast ausschließlich Migranten leben hier. Baufällige Häuser und rissige Fassaden prägen das rustikale Aussehen des Viertels, in dem dieser Turm wie ein Überbleibsel aus einer Zeit vor der Zeit erscheint. Ich biege in die Straße ein. Ein kleiner dunkelhaariger Junge fährt mir mit seinem Fahrrad entgegen, streckt die Hand aus und fordert mich zum High-Five auf. Ich klatsche ein und schaue ihm nach. Kaum ist er um die Ecke verschwunden, wende ich mich wieder dem Fenster im oberen Stockwerk des Turms zu. Es ist offen und ich erkenne den Ansatz einer Stuckverzierung an der Decke. Ich öffne langsam das Gartentor und gehe um die Ecke zum Haupteingang. Eine Klingel fehlt. An der schlichten taubengrauen Holztür ist ein massiver runder Eisenklopfer angebracht. Die Hitze hat nachgelassen, trotzdem rinnt mir das Wasser immer noch von den Schläfen. Die Schulter, an der meine Tasche hängt, trieft vor Nässe. Mit meiner zitternden Rechten klopfe ich drei Mal laut gegen die Haustüre. Beim dritten Mal löst sich das Schloss und die Tür öffnet sich einen Spalt breit. Ich atme durch, schiebe vorsichtig die Tür auf und bedeute mit einem verhaltenen *Hallo*, dass ich eingetreten bin. Keine Antwort. Stille.

Vor mir erstreckt sich eine ziemlich steile Treppe, die ins obere Haus führt, daneben der Eingang zum Bad, in dem ich kurz mein Spiegelbild erheische. Die konservierte Kühle der dicken Wände strömt mir entgegen. Mir wird wohliger, die Nervosität weicht der Freude, endlich ein kühles Plätzchen gefunden zu haben. Ich trete ein und schließe die Tür hinter mir. Er scheint nicht zu Hause zu sein. Ich rufe noch einige Male laut ins Haus hinein. Immer noch ... Stille. Zu meiner Rechten: Die Küche. Ich trete ein und bemerke einen Zeitungsstapel, auf dem auch einige Eierkartons liegen. Ich drehe mich um und steige die Treppe hoch. Oben angekommen öffne ich die große ebenfalls graue Flügeltür und trete in einen kahlen Raum, in dem sich lediglich ein großer Tisch befindet, auf dem haufenweise Bücher, ein Laptop und einige Notizbücher liegen. Neben dem Laptop bemerke ich einen dicken wohlgeordneten Papierstapel. Für einige Sekunden halte ich den Atem an und blicke konzentriert auf den Stapel, den ich auf an die tausend Blatt schätze. Das muss er sein, denke ich, und fühle, wie meine Handflächen anfangen, feucht zu werden. Ich nähere mich dem Manuskript langsam von der linken Seite und neige meinen Kopf so, dass ich den Namen und den gefetteten Titel zur Hälfte lesen kann: Marko Dinić *Das große Spiel vom kleinen* ... Ein Windzug geht plötzlich durch den Raum und ich höre für eine halbe Sekunde draußen die Kinder toben. Dann ist die Haustüre wieder zu. Ich halte die Luft an, lege meine Tasche ab und schleiche mich langsam zur Flügeltür. Nichts geschieht, alles wie vorhin, nur die Umstände meines Eintritts ins Haus ein wenig anders als geplant, jedoch bleibt das Anliegen gleich, eine herzliche Begrüßung und die Vorbeugung jeglichen Irrtums. Ich höre, wie er die Stiege hochgeht. Ich stelle mich hinter die Flügeltür und setze verkrampft ein Lächeln auf. In dem Moment, als ich ihn auf der obersten Stufe wähne, öffne ich die Tür. Er steht nicht auf der obersten Stufe. Er erschrickt. Sein Fuß rutscht von der oberen Schwelle. Zuerst ein tiefer kurzer Schrei, dann der Krach, den sein Körper während des Falls über die Treppen verursacht. Am Fuß der Treppe schließlich, als er mit dem Kopf gegen den Boden knallt, ein einfaches *KLACK!*. Dann ist alles wieder still. Eine Mücke landet auf der Kommode vor der Flügeltür. Sie wellt mit den Hinterbeinen ihre Flügel und bewegt sich im Zick-Zack-Kurs Richtung Kerzenhalter, bevor sie wieder auffliegt. Ich trete vor und schaue die Treppe hinunter. Eine Blutlache hat sich um den Kopf gebildet. Ein roter Strich zieht sich bis zur Tür, die Augen fixiert auf einen bestimmten Punkt, den ich von hier aus nicht sehen kann. Ein leichter Krampf durchzuckt noch das linke Bein. Der Autor ist tot. Ich gehe zurück in das Arbeitszimmer. Ich bin erstaunlich ruhig. Aus der Tasche nehme ich meinen Laptop, setze mich an den Tisch, vor mir das Manuskript, und fahre ihn hoch. Auf dem Desktop gehe ich in den Ordner *Zur Rettung der Menschheit,* öffne das einzige sich darin befindende File und scrolle einige Minuten runter. Ganz unten angekommen. Seite 19876, der letzte Satz, bevor das Ende seinen Anfang nehmen kann. Der Anfangssatz! Vorsichtig hebe ich die erste Seite des Manuskripts und halte es gegen das Fenster, das die letzten Fetzen der Vorabendsonne im Zimmer bündelt. Das Licht, das vergeblich am Matt des Papiers brechen will, ist ein anderes geworden. Die Danksagung, die Widmung und das vorangestellte Zitat eines gewissen Solschenizyn überspringe ich und lese auf der ersten Seite folgenden Satz: *die dunkelhäutige Frau in der gegenüberliegenden Ecke des Cafés, gleich neben der Tür, starrt ausdruckslos über ihr Essen hinweg und hält dabei das Glas Rotwein leicht mit Zeige-, Mittelfinger und Daumen umklammert.*

Vita Marko Dinić

Marko Dinić, geboren 1988 in Wien, aufgewachsen in Belgrad und mitunter auch in München, studierte in Salzburg Germanistik und Jüdische Kulturgeschichte. Er ist Mitbegründer eines Kunstkollektivs und der Literaturzeitschrift mosaik. Marko Dinić veröffentlichte Lyrik und Prosa in Anthologien und Zeitschriften, während seines Aufenthalts in Pfaffenhofen arbeitete er an seinem Debütroman. Mit einem Romanauszug wurde er 2016 für den Ingeborg-Bachmann-Preis nominiert und schrammte denkbar knapp in einer Stichwahl an der Auszeichnung vorbei.

Es folgten noch weitere Schreibstipendien, bis 2019 dann im Zsolnay Verlag sein Roman „Die guten Tage" erschien. Im ersten Teil dieses fulminanten Romans lässt Marko Dinić seinen Protagonisten auf einer Busfahrt im sogenannten Gastarbeiterexpress von Wien nach Belgrad dessen gewachsene Verachtung für die dortige Väter-Generation dokumentieren, in Rückblenden werden die Kindheit des Protagonisten und das Belgrad während der Jugoslawienkriege erlebbar. In den zweiten Teil des Romans fällt der Anlass der Reise: die Beerdigung der Großmutter des Protagonisten, die seine einzige innerfamiliäre Bezugsperson war. Dabei gibt es ein Aufeinandertreffen mit der Familie, dem Vater und dem gegenwärtigen Belgrad. Marko Dinić hat damit ein rasantes sprachgewaltiges Debüt hingelegt, das dann auch als Bühnenadaption im Salzburger Performancetheater Toihaus inszeniert wurde.

Marko Dinić lebt nun seit einiger Zeit wieder in Wien, wo er an seinem zweiten Roman arbeitet, der 2025 erscheinen soll.

Pfaffenhofen
Downtown

GM '24

Eigentlich sieht der Pfarrer mit Befriedigung den Zorn gegen den Neukömmling aufflammen. Moderne Beeinflussung der Gemeinde, die seine Stellung und die der heiligen Kirche beeinträchtigen könnte, wird von dieser Seite also auf alle Fälle wirkungslos sein. Und darum und weil er auch noch nichts Näheres über den Herrn weiß, will er nun nicht noch mehr aus sich herausgehen. Er fühlt, es könnte da vielleicht einmal etwas geben, und da möchte er nicht mit irgendeiner greifbaren Äußerung oder Beurteilung hineinkommen.

(S. 39–40)

Johann Reißer
Projekt P (2016)

Die Hallertau ist keine Landschaft der Eile, die man mit einem Blick aufnimmt. Es ist eine stille Gegend, ein Wechsel von Feldern, Äckern, Hügeln, ein Gebiet harter, zäher Bauernarbeit. Kein kühnes, steiles Ragen ist da, sondern ein melodisches Auf und Ab, ein breites, wohliges Sichdehnen von Flusstälern. Wer deshalb diese Landschaft ergründen und genießen will, der lasse Hast und Eile beiseite ...

Solche Sachen hat mir mein PR-Chef zur Vorbereitung auf meinen neuen Job gegeben. Es sei wichtig, sich der Sache von der richtigen Seite anzunähern. Ich quäle mich eine Zeit lang mit dem Idyllengedöns, während ich auf den Anschlusszug warte. Aber lang halt ich so was nicht aus. Ich werde die Dosis schrittweise erhöhen. Bis der Zug kommt, werfe ich lieber noch mal einen Blick auf die Schlüsselkonzepte des Projekts.

Liu liefert smarte Mobilitätslösungen für eine smarte Zukunft.

Liu steht für Topdesign im Einklang mit der Natur.

Liu lässt Bayern und China zusammenwachsen im Lebensraum Auto.

***

Grüaß Gott im Regionalexpress von Münch'n Hauptbahnhof über Dachau, Pfaff'nhofen, Ingolstadt nach Nürnberg Hauptbahnhof ... Schließt man während der Zugdurchsagen im urgemütlichen Dialekt die Augen, kann man sich gut vorstellen, durch das Bayern der „guten alten Zeit" zu rollen. Öffnet man die Augen wieder, zeigt die Bildspur den wachsenden Betongürtel rund um München, einförmige Industrie-, Verwaltungs- und Wohnbauten. Es dauert eine Viertelstunde, bis Wiesen und Felder auftauchen. Richtung Ingolstadt wird die Bebauung wieder dichter. Von daher ist es OK, auf der Hälfte der Strecke auszusteigen.

Die Gegend sei ideal für Projekt P, meinte mein Strategie-Chef. Und speziell diese Stadt liefere beste Voraussetzungen. Liege sie doch a) im Landkreis mit den meisten Autoanmeldungen pro Kopf in Deutschland und brüste sich b) damit, die Kleinstadt mit der höchsten Lebensqualität weltweit zu sein – laut irgendeinem südkoreanischen Städtewettbewerb. Das bedeute, man sei a) aufgeschlossen für Autos und b) aufgeschlossen für statistische Wahrheiten.

Beides werde Projekt P in Fülle liefern. Für mehr Autos werde die Liu Company sorgen. Er dagegen habe ein südkoreanisches Ratinginstitut beauftragt, die Liu Company zur umweltfreundlichsten Firma der Welt zu küren. Gutachten und Zertifikat seien bereits auf dem Weg.

Mein neuer Job mag etwas seltsam erscheinen, aber eigentlich ist es ein guter Job. Nachdem ich mich einige Jahre eher schlecht als recht als Landschaftsarchitekt durchgeschlagen hatte, heuerte ich als Locationscout bei BMW an, um Landschaften für „Mehr Freude am Fahren" aufzustöbern, was deutlich mehr Geld abwarf. Vor einem halben Jahr wurde meine Stelle gestrichen. BMW setze in Zukunft mehr auf computeranimierte Werbelandschaften, teilte man mir mit.

Für meine Mitarbeit bei Projekt P zahlt mir Sturm & Co Consulting das Gehalt eines Ingenieurs. Zudem winkt eine lukrative Stelle als Landschaftsarchitekt. Mein Job sei quasi bezahlter Urlaub auf dem Land mit Option auf Traumengagement, so mein PR-Chef.

Es ist sein Job, alles in positive Geschichten zu verwandeln. Mein Job ist es, zu nicken und einen proaktiven Gesichtsausdruck zu zeigen.

***

Vom Bahnhof aus bringt mich ein Taxi zu der Wohnung, die Sturm & Co Consulting für mich gemietet hat, ein „Premium-Apartment im Herzen der Stadt". Mir war schon bei dieser Ankündigung klar, dass es sich um einen jener gesichtslosen Betonklötze mit Panoramafenstern handeln würde, die man gutverdienenden Karrieresingles und Jungfamilien aktuell als trendige Designwohnobjekte verkauft.

Der Blick aus dem Panoramafenster zeigt ein halbes Dutzend Baukräne und einen Kirchturm. Während ich meine Sachen auspacke, hebt die Symphonie des Feierabends an, eine Blechflut schiebt sich vorbei, ich schließe die Fenster.

Man baut und fährt hier, was geht – und das trotz, oder vielleicht gerade wegen der Krise, die das Land schüttelt, seit bei den deutschen Autobauern eine Krise ausgebrochen ist. Verschiedenste Spekulationen machten die Runde, wer daran schuld sei. Die Liu Company wurde nie erwähnt. Und von Projekt P weiß bisher niemand außer meiner Firma und der Liu-Spitze.

Keiner dürfe Verdacht schöpfen, bevor nicht die entscheidenden Leute ins Boot geholt worden sind, erklärte mein Strategie-Chef. Dann werde man die Bevölkerung vor vollendete Tatsachen stellen und Projekt P mit einer bombastischen Medienkampagne pushen. Sicherlich werde es Proteste geben. Aber die wichtigsten Politiker habe man bis dahin schon eingesackt. Der Rest sei ein Kinderspiel.

***

Der Vormieter meiner neuen Wohnung war Ingenieur bei einem Audi-Zulieferer. Als er ein Jobangebot aus den USA bekam, ließ er alles zurück, um fluchtartig das Land zu verlassen. Das ist praktisch für mich, es erübrigt sich so, mich selbst einzurichten.

Die Möbel meines Vormieters kommen fast alle von IKEA, mit den meisten bin ich gut vertraut. Da ist das Regal von Silke, der Serviertisch von Tom, der Esstisch von Inga, die Küchenstühle, die ich selbst mal hatte, das Stahlbett von Meike. Ich wohne quasi unter alten Bekannten.

***

Im weißen Billy-Regal liegt ein Plan mit Joggingstrecken, die von der Stadt empfohlen werden. Mit diesem in der Hosentasche laufe ich am nächsten Morgen los. Es gibt zwei Waldrouten. Die Waldstücke, durch die sie führen, werden auf dem Plan Aktivpark Ost und Aktivpark West genannt.

Ich teste zuerst den Aktivpark West. Der Weg dorthin ist ein Intensivkurs zur Geschichte des Eigenheims: Ich laufe vorbei an Nachkriegshäuschen mit Asbestschindelfassaden, an Jodelstilhäusern mit Schnörkelschnitzereien, an rosaroten Toskanahäusern und fabrikartigen Kästen mit Edelstahlbalkonen. Auch der Aktivpark West hat etwas von einer Fabrik – von einer Gesundheitsfabrik. Am Wegrand stehen Fitnessgeräte aus Stahl, Strichmännchen auf Plastikschildern führen Fitnessübungen vor.

Mittags schau ich mir die Altstadt an, beziehungsweise das, was die Bauwellen der letzten Jahrzehnte davon übrigließen. An manchen Ecken stehen Schautafeln mit alten Fotos von der Stadt. Es ist nicht einfach, das ärmliche Städtchen auf den Schwarzweißaufnahmen mit der heutigen, von Zweckbauten bestimmten Kulisse zusammenzubringen. Über dem Giebel eines Hauses mit geschwungener Fassade befindet sich eine Wetterfahne mit der Zahl 1903. Egal, wohin der Wind weht, sie weist in Richtung 1903. Was mir das sagen soll?

Abends laufe ich zum Aktivpark Ost. Die Strecke verheißt mehr Natur, schon was die Namen der Straßen anbelangt: Birkengrund, Holunderweg, Lerchenhöhe ... Von Birken, Holunder oder Lerchen ist dort aber natürlich nichts zu sehen. Stattdessen wiederum Eigenheim neben Eigenheim. Andererseits wäre es auch traurig, die Straßen einfach nur Eigenheimstraße 1, Eigenheimstraße 2, Eigenheimstraße 3 zu nennen. So hat man zumindest das Gefühl, dass es hier einmal idyllisch war.

Der Aktivpark Ost ist dann aber tatsächlich ein Wald und ein recht schöner noch dazu. Ich überlege, ob er sich als „Park der Dichtung" für die Liu-Company nutzen ließe. Dafür müssten einige unschöne Neubauten in Sichtweite abgerissen werden. Stattdessen würden Gebäude im retrobayrischen Stil erbaut. Als kompetenter Partner stünde ein Schweizer Unternehmen bereit, das sich auf den Neubau traditionell alpenländischer Bauernhäuser spezialisiert hat. Die Gegend würde es uns danken. Ich hab' ein gutes Gefühl.

***

Mein PR-Chef meinte, ich sollte mich als Audi-Motoreningenieur ausgeben. Das imponiere den Einheimischen, da käme man gut mit ihnen ins Gespräch. Ich erklärte, dass ich von Motoren keine Ahnung habe. Wir einigten uns auf Locationscout bei Audi.

Ich teste diese Identität, als ich abends in eine gut besuchte Kneipe gehe. Die Hälfte der Besucher wirkt wie typische Landbevölkerung, die andere Hälfte wie Münchner Schickeria. Mit der Tonspur ist es ähnlich: halb ländlich-breites Bayrisch, halb affektiertes Münchner-Deutsch. Äußeres und

Sprechweise müssen nicht übereinstimmen, es gibt interessante Mischungen: Urbayerinnen in Designerklamotten mit aufwendig gestylten Haaren, tussig redende Typen im Flanell-Karohemd.

An der Theke erzähle ich einem Vollbartträger, dass ich nach Werbelandschaften suche: Schöne, stille Flecken für das lautlose Audi-Elektroauto der Zukunft. Ja da schau her, ruft dieser und mustert mich. Da werst bei uns scho was Scheens finna! Sogleich beginnt er mit der Aufzählung landschaftlicher Schmankerl.

Bald winkt er weitere Personen heran. Daraufhin werde ich von Tisch zu Tisch geschickt, wo man immer noch schönere Ecken weiß: Lauschige Hopfengärten, beschauliche Einödhöfe, uralte Kraftorte, vor denen das Audi-E-Car ideal zur Wirkung kommen werde. Es scheint wirklich nette, hilfsbereite Leute in diesem Städtchen zu geben. Vielleicht wird es eine ganz gute Zeit hier.

***

Selbstverständlich müsse ein Audi-Locationscout auch ein ordentliches Auto fahren, meint mein PR-Chef. Er will mir einen großen Audi-SUV einreden. Ich wende ein, ich wolle ja nicht auf Kriegseinsatz fahren. Wie man's nimmt, gibt mein PR-Chef zurück. Wir einigen uns auf einen Audi A3 – das richtige Auto für eine junge, dynamische Persönlichkeit, die auf Performance statt Repräsentanz setzt, so das Framing meines PR-Chefs.

Er arrangiert eine Übergabe im Audi-Forum für mich. Es sei wichtig, dieses Produkterlebnis zu kennen. Auch, um es später perfekt zu kopieren oder noch zu toppen. Glücklicherweise gibt es keinen Platz mehr für die Zweitageszeremonie mit Audi-Night-Experience und Audi-Frühstück. Mir reicht das Eintagesprogramm mit Audi-Museumsbesuch und Audi-Werksrundgang als Quasi-Hochzeitsvorbereitungsseminar. Derart mit dem Geist von Audi imprägniert, darf ich dann endlich einen gläsernen Steg betreten und von dort aus eine weiße Wendeltreppe hinabschreiten. Und da steht er: Mein Audi A3, funkelnd in festlicher Politur. Ein Angestellter in metallic-glänzendem Anzug spricht ein paar feierliche Worte, es folgen Erinnerungsfotos. Dann darf ich endlich einsteigen und den Motor starten.

Die Pforten der Übergabehalle gehen auf – und ich weiß nicht, ob Audi auch das steuert. Jedenfalls öffnen sich genau da die Wolken am Himmel und durch das Glasdach der Halle trifft mich ein Lichtstrahl. In diesem Moment spüre ich die ganze große Magie der Motorenwelt. Da sind nur noch Mensch und Technik und Stahl und Licht und Kraft und der absolute Wille zum Fahren. Der Zauber hält einige selige Sekunden – dann holt mich das Einfädeln in den zähen Nachmittagsverkehr in die Alltagswelt zurück.

***

Ich versteh' nicht wirklich, warum die Leute in dieser Gegend so viel und so gerne Auto fahren. Eigentlich macht das Autofahren hier keinen großen Spaß. Zur Rushhour sollte man sich in dem Städtchen lieber erst gar nicht auf die Straße wagen. Man steckt nur fest und ärgert sich. Und das geht allen Verkehrsteilnehmergruppen so. Die Autofahrer kommen nicht voran und ärgern sich über die Fußgänger, die, nur um sie zu ärgern, die Straße überqueren müssen. Die Fußgänger ärgern sich über die Autofahrer, weil die Ampeln so selten umschalten und sie also nicht über die Straße kommen. Die Radfahrer versuchen sich durchzuschlängeln und werden von Autofahrern und Fußgängern gleichermaßen gehasst.

Das Recht, sich in den Verkehr einzufädeln, scheint unter den Familien der Stadt von Generation zu Generation weitervererbt zu werden, mich jedenfalls lässt niemand einfädeln. Zudem ist die Straßenführung in der Kernstadt verschlungen und maximal umständlich. Vielleicht ist das die Rache der alten Stadt, die man abgerissen hat, um in funktionaleren Gebäuden bequemer zu leben. Denn was sich dabei nicht änderte, ist der Straßenverlauf. So dass man mit den voll Motorenkraft protzenden Rennkutschen unserer Tage kaum schneller vorankommt als mit den Pferdekutschen früherer Tage.

Die kurioseste Erscheinung des Stadtverkehrs aber sind die Stadtbusse. Sie fahren im festen Takt, doch fast immer ohne Fahrgäste. Man könnte denken, es würden damit Geister befördert. Sieht man doch immer wieder, wie die Busse an leeren Haltestellen halten, die Türen öffnen und sie wieder schließen, ohne dass eine sichtbare Person ein- oder aussteigt. Aber auch in den PKWs sitzt meist nur eine Person. Der Beruf des Geisterchauffeurs scheint lukrativ zu sein.

***

Dass Projekt P auf Kurs gehalten wird, ist Sache unseres Strategie-Chefs, den alle Doc Doom nennen, sowie unseres PR-Chefs, der den Spitznamen Dolce trägt.

Doc Doom ist ein harter Knochen. Er raucht Kette und ist abends oft in Absturzkneipen unterwegs, was seiner Arbeit aber nicht schadet. Angeblich war er früher Punk, prügelte sich mit Polizisten und schmierte Parolen à la „Bullenstaat verrecke" an Häuserwände – bis er das Abitur nachmachte und Jura studierte. Um Deutschland zu verkaufen und zuzubetonieren, statt es anzuzünden, sagen manche. Aber man erzählt sich viel über ihn, zu viel.

Der Dolce dagegen ist ein Parade-Münchner: Groß, gut gebaut, stark gebräunt. Blonde Locken hängen ihm jungenhaft in die Stirn. Ständig muss er einem seine neuesten Hemden, Krawatten und Schuhe zeigen. Er ist der Mann für die positiven Messages.

Doc Doom erzählt lieber dunkle Geschichten. Seine Lieblingsgeschichte ist die von Deutschland als einem sterbenden Land. Genüsslich verweist er auf die negative Bevölkerungsentwicklung, auf Marktanteilverluste, auf wirtschaftliche und kulturelle Alterungsprozesse. Die Zukunft gehöre China, erklärt er. Denn die Chinesen bauten schnellere Computer, höhere Häuser und bald auch bessere Autos. Doch bräuchten wir keine Angst zu haben. Die Chinesen liebten Deutschland. Weshalb sie uns nicht bekriegen, sondern friedlich aufkaufen würden. Wir müssten nur klug sein und die Teile unseres Tafelsilbers, die man in China schätze, teuer verschachern: Beethoven und Goethe, die Alpen und die alten Kirchen, Neuschwanstein und das Hofbräuhaus.

Der Dolce stellt das alles netter dar. Er spricht viel von der deutsch-chinesischen Freundschaft. Schauen Sie sich das Oktoberfest an, sagt er. Da feiern Chinesen und Deutsche in bayerischen Trachten, hergestellt in China.

Projekt P sei der nächste Schritt zur großen Völkerfreundschaft.

***

Die Bosse der Liu Company sind Brüder, die durch die Herstellung von billigen Elektroprodukten reich geworden sind. Bei Sturm & Co werden sie allgemein Liu der Erste und Liu der Zweite genannt.

Laut dem Dolce sind sie schlaue Geschäftsmänner, aber auch Idealisten und Künstlerseelen, die Deutschland und die deutsche Kultur lieben. Besonders aber lieben sie angeblich Bayern, weshalb sie den europäischen E-Car-Markt von hier aus erobern wollen. Dazu solle eine Megafabrik in der hiesigen Region gebaut werden, um Audi das Wasser abzugraben und den Konzern langfristig zu schlucken. Vor den Toren der neuen Megafabrik solle ein „Park der Dichtung" entstehen, eine spektakuläre Parklandschaft, in der man zwischen meterhohen Zitaten von Goethe, Eichendorff und Liu dem Ersten neue Elektroautos testen kann. Liu der Zweite will diesen Park entwerfen, unterstützt von meiner Wenigkeit.

Liu der Erste versteht sich als Dichter, Liu der Zweite sieht sich als Maler. Liu der Zweite wird von Liu dem Ersten als die große Seele mit dem Auge, das die tausend Farben einfängt, bedichtet. Sich selbst bezeichnet Liu der Erste als die große Seele, die von tausend Worten durchweht wird. Liu der Erste ist großer Goethe- und Eichendorff-Fan, auch wenn er deren Gedichte nur in Übersetzungen kennt – und man weiß, dass in chinesischen Übersetzungen aus „Über allen Wipfeln ist Ruh" schnell mal „Über den lieblichen Schneegipfeln singen die Lerchen rosenfarben" werden kann. Liu der Erste ist trotzdem überzeugt, ganz im Geist der großen deutschen Dichter zu schreiben. Seine lyrischen Hymnen handeln von bukolischen Landschaften, bevölkert von den großen Völkern Chinas und Bayerns.

Liu der Zweite malt Ölbilder im Stil des Impressionismus. In verschwommenen Pastellfarben fahren Traktoren durch Alpenflüsse, psychedelisch aufgefächerte Sonnen gehen über bayrischen Dörfern mit Pagoden unter. Wobei Liu der Zweite für viele der Bilder nur Skizzen liefert, die dann in chinesischen Künstlersiedlungen ausgeführt werden, wo man sich Bilder von

Monet, Picasso oder Van Gogh für 100 Dollar kopieren lassen kann.

Wenn Projekt P umgesetzt wird, wird man hier in diesem Städtchen wohl ein Museum für Liu den Zweiten errichten. Für die Dichtungen von Liu dem Ersten wird man Festspiele abhalten. Der Dolce wird die Stichworte für die Rezensionen liefern. Sie werden überschäumend sein.

***

Ich sitze mal wieder in der Kneipe vor meinem Laptop, um an den Plänen für den Dichterpark zu basteln. Die Bedienung kommt an meinen Tisch und fragt, wie's Business läuft. Gut, sage ich. Na dann, antwortet sie und zwinkert mir zu.

Scheinbar hält sie mich für eine gute Partie. Wenn man in Berlin oder Leipzig in einer Kneipe vor dem Laptop sitzt, fragt niemand, wie's Business läuft. Alle arbeiten an Projekten, keiner macht groß Kohle.

Hier dagegen ist eine andere Klientel unterwegs. Zum Beispiel der Typ an der Bar, der wie wild auf sein iPad einhämmert. Für ihn ist noch lange nicht Feierabend. Egal, ob zehn Uhr, elf Uhr oder Mitternacht – das Business muss laufen.

Ich dagegen bin die letzten Tage ruhiger angegangen. Ich hab' mir einige der mir empfohlenen Orte angeschaut. Es sind wirklich schöne Flecken dabei. Fast zu schön für das Megawerk. Aber ich werde noch weitere Locations unter die Lupe nehmen, irgendwas wird sich schon finden. Und vielleicht sollte ich ja die Bedienung fragen, ob sie mal mitkommen mag.

***

Ich bin jetzt öfters mit Mia, der netten Bedienung, unterwegs. Sie studiert Spanisch und erzählt mir beim Herumfahren in der Gegend allerlei Geschichten über die Gegend, über Hopfenbauern und alte Brauereidynastien, über Rivalitäten zwischen einzelnen Städten und Dörfern. Scheinbar gelten für viele Einheimische im Grunde noch immer die gleichen Grundmuster wie früher, auch wenn sich die Landschaft total verändert hat.

Mia und ich suchen gemeinsam hübsche, stille Ecken auf, „urbayerische" Winkel, an denen man die Lautlosigkeit der neuen Audi-Elektroautos ideal wahrnehmen kann. An solchen Orten kann es an warmen Sommertagen wirklich idyllisch sein – fast so idyllisch wie in den Beschreibungen, die mir mein PR-Chef gegeben hat: die goldenen Weizen-, die silbernen Haferfelder, das saftige Grün der Hopfengärten, der weißblaue Himmel ...

Manchmal vergesse ich während dieser Ausflüge ganz, dass ich ja eigentlich unterwegs bin, um ein Areal für ein gewaltiges Autowerk und einen seltsamen Dichterpark zu finden. Überhaupt verdränge ich diesen Gedanken immer mehr. Das Städtchen und seine Bewohner sind mir an's Herz gewachsen. Es wäre schade, wenn eine Riesenfabrik das alles auslöschen würde. Aber was kann ich dagegen tun?

Würde es etwas bringen, einen negativ eingefärbten Field Report zu schreiben, der von der Region abrät? Oder wenn ich eine warnende E-Mail an die Ober-Lius verfasste? Würde meine E-Mail zu ihnen durchdringen? Wahrscheinlich nein. Und selbst wenn sie durchkäme und ernst genommen würde, was könnte ich erreichen? Dass eine andere süddeutsche Region von der chinesischen Autoindustrie überrollt wird?

***

Ich entscheide mich dafür, meinen PR-Chef zu einem persönlichen Gespräch in das Städtchen einzuladen. Ich reserviere einen Tisch in dem chinesischen Restaurant neben dem Betonwerk. Vor dem Eingang stehen seltsam geformte, rosa Plastikbäumchen mit grell leuchtenden LED-Blüten. Aber das ist nur ein dezenter Vorgeschmack auf den überquellenden Plastikkitsch im Inneren. Der Dolce wird das gar nicht mögen – und das soll er auch nicht.

Doch statt des Dolce erscheint Doc Doom, seinen Kollegen entschuldigend. Doc Doom setzen Beton und Plastikkitsch nicht zu, im Gegenteil. Es belustigt ihn. Ich versuche es trotzdem. Die Gegend sei verkehrstechnisch problematisch, beginne ich. Auch die lokale Grundbesitzstruktur sei schwierig. Zudem würden sich die Einheimischen nach meiner Einschätzung gegen Projekt P wehren.

Doc Doom hört mit maliziösem Lächeln zu, dabei ein Glas Reiswein nach dem anderen in sich hinein kippend. Er habe gewusst, dass ich ihm diese Dinge erzählen würde, erklärt er endlich. Man kenne nicht nur meinen Mobilfunk-Verkehr. Man habe erwartet, dass ich Kontakte knüpfen und Heimatgefühle entwickeln werde. Dafür sei ich eingestellt worden. Doch müsse ich mir keine Sorgen um das Städtchen machen. Projekt P sei ein Segen für die Region. Doc Doom wiederholt das immer wieder, während er eine weitere Reisweinflasche leert. Er wiederholt es fast zu oft.

***

Ich richte mich also darauf ein, gefeuert zu werden. Bis es so weit ist, versuch' ich, eine schöne Zeit zu haben. Ich besorg' mir ein Rad und fahre damit herum, was die Gegend nochmals netter macht.

Mia begleitet mich oft, gemeinsam genießen wir den Sommer. Es nervt, dass ich noch immer tun muss, als sei ich auf der Suche nach der perfekten Werbekulisse für Audi-Elektroautos. Aber diese Geschichte begleitet eben die Geschichte von Mia und mir. Keine Ahnung, wie ich da wieder rauskomme. Vielleicht findet sich eine Lösung, vielleicht werde ich einfach verschwinden.

***

Eine Woche lang passiert nichts, dann setzt meine Firma ein Projekt-Meeting an. Der Dolce ergreift das Wort. Die Liu Company sei umstrukturiert worden, erklärt er in ungewohnt kühlem Ton. Sie heiße jetzt L Cars Limited und verfolge eine neue Gesamtstrategie. Das sei eine positive Entwicklung. Eine Entwicklung, von der Projekt P profitieren werde.

***

Nach einer weiteren schönen Sommerwoche ruft Doc Doom bei mir an. Es sei etwas Unvorhersehbares eingetreten, beginnt er. L Cars Limited habe seine Pläne bezüglich Projekt P verändert. Es werde nun an einem anderen

Ort realisiert. Meine Mitarbeit sei nicht weiter notwendig.

Man erwarte absolute Verschwiegenheit über alle Geschäftsvorgänge, betreffend das Projekt. Wofür man eine gewisse Abfindung zu zahlen bereit sei.

***

Meinen Job bin ich also los. Dafür scheint die Gegend gerettet – vorerst. Denn wer weiß, vielleicht wird sich morgen schon der nächste Großinvestor auf sie stürzen und sie zubauen.

Was tun? Ich werd' mir wohl erst einmal ein paar gute Geschichten überlegen müssen, für Mia und meine anderen neuen Bekannten. Und dann: mal schauen. Vielleicht sucht Audi ja einen guten Locationscout.

Vita Johann Reißer

Johann Reißer, geboren 1979 in Regensburg, studierte ebendort und in Berlin Literaturwissenschaft und Philosophie und promovierte über deutsche Gegenwartslyrik. Seit 2004 veröffentlicht er Prosa, Lyrik, Essays und intermediale Arbeiten. Seit 2009 arbeitet er mit verschiedenen Theater- und Performancegruppen (u. a. PlastikWorks), mit denen er eigene Stücke und Performances auf Bühnen und bei Festivals im deutsch- und englischsprachigen Raum aufführt. Seit 2007 lehrt er in den Bereichen Kreatives Schreiben, Philosophie und Kulturwissenschaft an Universitäten, Volkshochschulen und anderen Kultur- und Bildungseinrichtungen.

In Johann Reißers „Zwischenfall" werden Pfaffenhofen und die Holledau zur Kulisse für ein Aufeinanderstoßen von ländlichen Idyllen und wachsenden Beton- und Asphaltwüsten, von zynischen Marktmechanismen und der Sehnsucht nach einer heilen Welt.

Dem Stipendienaufenthalt in Pfaffenhofen verdankt Johann Reißer viele Anregungen in Sachen Landleben und zum Spannungsfeld Industrie–Umwelt, was sich u. a. in seiner Arbeit an dem Romanprojekt „Land, Maschinen, Paradies" und den Performances „Maschinenwäsche locus vogelsang" und „Serinetten-Sequenzen" niederschlug. Für den Fernmeldebunker Pfaffenhofen entwickelte er gemeinsam mit Christoph Marko das Performance-Stück „Der Ernstfall – eine kleine Bunkerrevue", das in der Folge an weiteren Aufführungsorten weiterentwickelt wurde. Diese Beschäftigung mit Bedrohungsszenarien des Kalten Krieges inspirierte ihn auch bei der Ausarbeitung seines Romans „Pulver", der von den Anfängen und Auswüchsen der deutschen Rüstungsindustrie erzählt.

„Auf der Straße bin ich ihm schon öfter begegnet", beginnt nun
der Pfarrer wieder, fügt aber scheinbar nebenbei hinzu: „Ich hab
gemeint, es is' ein Fremder, weil er nöt g'grüßt hat."
Hierzu äußert sich Bortenbichler, der Wirt und somit der geborene
Grüß-Gott-Sager:
„Ja, was glauben S' denn, Hochwürden, so oaner braucht do'
niemand net z' grüaß'n. Der is' darüber erhaben."
„Daß ma' an Pfarrer nöt grüaßt, dös is' Protest, vastehn S' mi'", setzt
Pfinsinger noch schnell als Eselstritt hinzu.

(S. 39)

Marie-Alice Schultz
Gegebenenfalls nur ein Messer (2017)

Immer wieder verschwindet dieser Text. Eine erste Seite hatte ich geschrieben, dann war sie am Morgen nicht mehr auffindbar, obwohl ich sicher war, sie gespeichert zu haben. Es blieben nur ein paar Zeilen, an den obersten Rand gedrängt. Die ältere, erste Version der Datei. Der neuere Teil war verschollen. Immer wieder schrieb sich die Geschichte neu, überlagerte sich. Ich gab ihr etliche Titel, bis ich mich selbst nicht mehr zurechtfand; in Ordnern suchte, um zusammenzufügen:

VERSATZSTÜCKE,

die in der losen Anordnung ihren endgültigen Platz suchten. Bis mir klar wurde: es gibt keinen. Der Text greift in eine Kiste, zieht Dinge hervor. Er hält sie kurz in der Hand, wendet sie zwischen den Fingern, wie ich die Streichholzschachtel, mit der alles begann.

Grün mit goldener Aufschrift, ein Hotel in Marokko, dessen Adresse, wenn ich mich recht erinnere, darauf stand. Ich zog sie aus einem Stapel von Streichholzschachteln, weil mir der Schriftzug auffiel, geschwungen.

Behalt sie ruhig! sagte M. Wir standen in seinem Atelier in Wien, das leicht entflammbare Erbe füllte eine Ecke darin aus. Das sei nur ein kleiner Ausschnitt, sagte er, in Bayern gäbe es eine ganze Wohnung voller solcher Dinge, er habe sie geerbt. *Meine Tante,* so sagte M., war eine, *die sammelte und reiste.*

Dem Ganzen nicht viel Bedeutung gebend, reiste ich ab, ließ die Streichholzschachtel in Wien zurück, nachdem mir einfiel, ich würde mit ihr nicht durch die Flughafenkontrollen kommen. Eine Freundin, die wenig später mit dem Zug nach Hamburg fuhr, bat ich, sie mitzunehmen. Ich beschrieb ihr genau den Ort in ihrer Wohnung, an dem ich sie liegengelassen hatte, zusammen mit dem Nagelknipser. Sie fand den Nagelknipser, die Streichholzschachtel aber sei verschwunden.

Ich dachte nicht mehr daran, bis wir einige Monate später wieder im Atelier standen, ich M. wie beiläufig fragte, wo sich die Wohnung seiner Tante denn genau befinde. Es muss im März gewesen sein, ich wusste schon vom Stipendium. Es folgten vier Worte, ich erinnere das Fensterkreuz in M.s Rücken, er stand gegen das Licht und sagte: Pfaffenhofen an der Ilm.

Wie die Dinge manchmal zusammenfallen, als gäbe es dahinter eine Logik, die besser funktioniert als alles von uns erdachte. Ich gab die Adresse der Wohnung in mein Navigationssystem ein. Keine 500 Meter liegt sie vom Flaschlturm entfernt. Es gibt zwei Wege, um zu ihr zu gelangen, beide führen über die Ilm.

Die Dinge von hinten aufrollen.

Wir gehen durch das Drehkreuz aus dem Freibad. *Der Friedhof ist nicht weit, ich kann aber auch ein anderes Mal hinschauen,* sagt M. Er müsse mal nach dem Rechten sehen. Es hatte Beschwerden gegeben, das Grab würde nicht gepflegt. *Lass uns gleich hingehen,* sage ich und stopfe mein nasses Handtuch in den Beutel. Es ist ohnehin heiß und die Pizza kann warten. Mit tropfenden Haaren zum Grab. Auf dem Weg dreht M. sich eine Zigarette. *Für danach.* Auf dem Friedhof sei Rauchen verboten, was er nicht genau verstehe. Überhaupt die Idee von Friedhof, dass es einen Ort zum Erinnern brauche. An seinen toten Vater zum Beispiel denke er, wenn er dessen Werkzeug benutze.

Über dem Eingang zum Friedhof die Inschrift: *Bedenke, dass der Tod nicht zögert.* Es riecht nach Chlor, wenn ich mir mit der Hand über das Gesicht fahre. Der Satz beunruhigt und beruhigt mich zugleich. Wir gehen durch die Alleen, an der kleinen roten Backsteinmauer vorbei. M. hält die Zigarette zwischen zwei Fingern, blickt suchend. Dann stehen wir davor. Ein gräulicher Stein, drei Namen, und weiter unten zwei Worte, eingemeißelt: *Aus Schlesien.* Das Grablicht brennt. Jemand kümmert sich. *Schaut eh gut aus,* sagt M.

Ich nicke und richte eine umgekippte Topflanze auf einem Nebengrab auf. Es muss hergerichtet werden, also richte ich her. Diese Eigenart, die Gräber nie perfekt zu finden, ich kenne sie von meiner burgenländischen Familie. Dieses Zupfen und Schieben, bis alles gerade steht, gepflegter als das Leben selbst. Ich denke über die beiden eingemeißelten Worte nach, es wundert mich, dass man angesichts des Todes auf sein Herkunftsland besteht. Was kann es noch für eine Rolle spielen, woher man kam, wenn man endgültig geht?

Als wir zurücklaufen, stelle ich mir vor, dass M. die Zigarette anzünden wird, sobald wir wieder durch das Tor hinaus sind. Doch er spricht nur. Das letzte Mal, als er die Tante sah, eingeliefert ins Krankenhaus in Ingolstadt, eine Person mit eigenem Kopf, daran gewöhnt, die Dinge selbst zu erledigen, bis zuletzt. Ihr sei eine besondere Bewegung eigen gewesen: ein Abwinken. M. macht eine Geste, die die Luft durchschneidet, ein Zorro Z. Durch diese Handbewegung, die den Arm mitreißt, kann ich mir plötzlich die ganze Person dahinter vorstellen. Bestimmt, energisch, ein wenig fahrig, doch in ihrem Starrsinn durchaus liebenswert.

Wir sind wieder auf der Straße, laufen zurück in Richtung Innenstadt, vorbei an der alten Kämmerei. *So schlecht ist es hier gar nicht, es gibt auch Ateliers,* sage ich, M. zündet seine Zigarette an.

Ich denke an die Absurdität, im Alter noch ein Mal in die großen Städte zu kommen, von denen man nicht viel mehr sehen wird als das eigene Krankenzimmer. Aus dem einfachen Grund, dass dort die Ärzte und Geräte spezialisierter sind.

Wieso die Wohnung so lange brach gelegen hat, fragt mich mein Vater am Telefon. Ich sage: *Weil die Schwester mit ihrem Medizinstudium beschäftigt ist und die Brüder depressiv.*

Das wirst du nicht schreiben können, höre ich am Ende der Leitung, *wenn es deine Freunde sind, kannst du so etwas nicht schreiben.*

Später erzähle ich M. von diesem Telefonat. Er lacht. *Schreib, was du willst,* sagt er, *nur nenn' halt keine Namen!*

Wir nähern uns dem Haus, vorbei am Moosburger Hof, über den ich später lesen werde, er sei ein Versammlungsort für Flüchtlinge in den Nachkriegsjahren gewesen. Wenigstens die Garage sei schon verkauft, sagt M. Das Auto ein Hindernis. Einmal stand es im Weg, Bauarbeiten in der Garage, der Hausverwalter hatte in Wien angerufen, darum gebeten, das Auto in den nächsten Tagen umzustellen. Das, sagte M., sei von Wien aus unmöglich.

Legen Sie doch eine Plane drüber! Wenn trotzdem etwas passiert, ich nehme Beulen in Kauf.

Erstaunen am anderen Ende, ein kurzes Schweigen, dann: *Das hat hier noch niemand gesagt, dass Beulen okay wären.*

Wir stehen vor dem Türschloss, das neu aussieht. *Ah,* sagt M. *Dann habe ich das schon ausgetauscht.* Wie man vergisst, was man bereits gemacht macht, wenn man es nicht täglich sieht.

Im Hausflur ein stechender Geruch, in der Wohnung gegenüber wohnen zwei ältere Brüder. Man sieht sie nicht, man riecht sie nur.

Ich bin jetzt allein mit der Wohnung, nachdem M. sie ein erstes Mal aufgeschlossen, mir alles gezeigt hat. Ein länglicher Flur, drei Zimmer, die von ihm abgehen, Teppiche und Gardinen, ich hatte Schwere befürchtet, doch das Sonnige der Wohnung nimmt ihr alles Bedrückende. Auf der Wohnungstür, oberhalb des Schlosses: ein kleiner goldener Aufkleber in Form eines Hauses, darauf die Aufschrift Villa Z. Der Nachname der Familie.

Kann man vom Kleinsten ausgehen, um die Geschichte einer Stadt zu erzählen? Eine einzige Person, ihre Wohnung, die Fotos und Briefe darin. In den ersten Wochen habe ich nur gelesen, Schriftstücke aus Ordnern gezogen, Dias gegen das Licht gehalten, aus dem Küchenfenster geschaut. Mit staubigen Fingerkuppen ging ich nach Hause. *Was machst du daraus?*

Die Bitte der Schwester von M., die Briefe sollten unerwähnt bleiben. Ich habe mich weitestgehend daran gehalten. Es gab Sätze, von denen ich dachte, sie sollten nicht in Vergessenheit geraten.

Sehr früh fällt mir ein Zettel in die Hände, kaum größer als ein Lesezeichen, steckt er zwischen Fotos, mit Kugelschreiber rot umrahmt die handschriftliche Notiz:

Wer vor langer Zeit aus der Fremde gekommen ist, mag vergessen, daß er ein Zugewanderter ist, die Einheimischen aber vergessen es nie.

Auf dem Kopf, dreht man den Zettel, steht noch die Angabe: *Text S. 31 blau*

Ich habe den Satz gegoogelt, versucht herauszufinden, ob es sich dabei um ein Zitat handelt. Google kennt ihn nicht.

Eine Person also, die später dazu kam. Kein urbayrisches Exemplar seit Generationen. Ihre Geschichte wird auch immer die Flucht aus Schlesien in sich tragen, das Zurückgelassene.

Ich finde ein Fluchttagebuch, es umfasst nur vier Seiten und endet seltsamerweise vor der eigentlichen Flucht, der letzte Eintrag darin, vom 18. Januar 1945, endet mit einer Frage:

Zu Hause wurde halt noch das Allernötigste zusammengesucht. Im festen Glauben an eine Rückkehr verbargen wir einige wertvolle Sachen an verborgenen Stellen. Ob wir noch einmal die Möglichkeit haben werden, sie zu suchen?

Die Flucht endet vorerst in Österreich, die Schwester der Tante ist mit einem Österreicher verheiratet. Doch bald wird die Familie erneut aufgefordert, das Land zu verlassen. Ich finde ein Anschreiben der Gemeinde Eugendorf in Österreich:

Eugendorf, 21. Juli 1945

Familie Z,
Da Ihre Heimat Schlesien von den russischen Truppen besetzt ist und Sie in nächster Zeit auf jeden Fall wegkommen, so ist es in Ihrem eigenen Interesse, wenn Sie bis Sonntag 22 Juli 8 Uhr eine Ausweichadresse in Bayern bei der Gemeinde angegeben haben. Sollte dies nicht möglich sein können, so kommen Sie auf die Liste derjenigen, die in russisch besetztes Gebiet abtransportiert werden. (Gemeinde Vorstehung)

Die knappe Anrede und der raue Ton beunruhigen mich, selbst ein halbes Jahrhundert später. Mit gesenkter Stirn stürze ich aus der Wohnung, in die Stadt hinein, die als Ausweichadresse gedient haben muss. Wie vieles in dieser Zeit von außen bestimmt wurde, die Orte, an denen man sich niederließ, zugewiesen. Oder weniger noch. Nur die Aufforderung, den jetzigen zu verlassen. Eine mögliche Richtung angegeben: Bayern. Pfaffenhofen als Ausweichort.

Auf Höhe des Rathauses komme ich heraus, sehe Menschen mit Eis, senke den Kopf wieder. In der Hand noch den Schlüssel, das abgewetzte Lederetui.

Am Folgetag gehe ich nicht in die Wohnung, es scheint mir unmöglich, weil bedrückend, weil zehrend. Sechs Geschwister, von denen nur zwei den Krieg überlebten. Ein Foto zeigt sie, als es noch alle gab, hintereinander aufgereiht. Dem Alter nach greift der Ältere dem jeweils Jüngeren vor sich auf die Schulter. Eine Kette. Kleider mit Blumenmotiven, Hosen aus schwerfallenden Stoffen, Zöpfe und Lächeln. Bald werden die meisten Arme ins Leere greifen. Als Jüngste steht ganz rechts, am Ende der Kette: sie, die Tante. Nach dem Verlust eng verbunden mit den Eltern. Auf allen Nachkriegsfotos sind sie fast immer zu dritt zu sehen, selbst als die Tante schon graues Haar hat.

Im Donaukurier-Archiv finde ich einen Nachruf auf die Tante. Z., so heißt es dort, *blieb Zeit ihres Lebens eher eine Einzelkämpferin ...*
Was muss man tun, um in Pfaffenhofen als Einzelkämpferin zu gelten? Ich stelle mir erst eine zurückgezogene Person vor, die Versammlungen meidet und Trachtenumzüge durch Abwesenheit beehrt. Andererseits ist da das Wort *Kämpferin*, sodass ich mir kaum vorstellen kann, dass sie im Verborgenen blieb. Der Artikel selbst liefert die Auflösung, der Satz schließt mit:
... sie blieb unverheiratet und musste auch gesundheitlich mehrere Rückschläge hinnehmen.

Gern hätte ich sie dazu befragt. Ich suche neugierig, bis ich in einer Kladde des Briefes an eine Freundin von 1959 folgende Passage finde, die Beschreibung einer Reisegruppe:

Im allgemeinen war die Fahrtengruppe von 35 Münchner Lehrern aller Schulgattungen recht nett zusammengesetzt. Wie überall waren wir Frauen in der Überzahl. Besonders interessant war es, Ehepaare zu beobachten und die Art der Herren der Schöpfung kennenzulernen, wie sie mit ihren Frauen umgingen. Da kann man nur sagen: Gott sei Dank, daß wir keinen solchen Despoten neben uns haben, sondern allein über uns verfügen können! Die armen Frauen! Und diese herrschsüchtigen Männer! Ich will aber nicht über alle so urteilen, wir hatten auch einige sehr nette Ehemänner bei uns, allerdings ohne Frauen.

Ich erinnere mich, bei meiner Rückkehr von einer Wanderung an etwas vorbeigegangen zu sein, das ich erst für einen Maibaum hielt. Bei genauerer Betrachtung entdeckte ich Babykleidung, die von ihm herabhing. Auf einem roten Herz neben zwei Namen die Aufschrift:

Dieser Baum bleibt aufgestellt, bis ein Kind sich eingestellt.
Seid ihr in einem Jahr nicht drei, seid ihr mit Brotzeit und Bier dabei!

Ich weiß noch, dass ich fast schockiert war über dieses Drängen des sozialen Korrektivs. Ich stellte mir eine Berliner Straße vor: Der Bürgersteig wäre in manchen Stadtteilen voll von diesen Bäumen, dicht gedrängt würden sie davon zeugen, wer alles nicht ... Es gibt hier also, dachte ich weiter, noch eine logische Abfolge der Dinge, auf das eine folgt das andere, beäugt von Dritten. Einzelkämpfer ist, wer abweicht.

Manchmal wünschte ich, sie wäre da. Würde mir Kaffee kochen, die Zusammenhänge erklären. Ihre hagere Gestalt durch die Zimmer schieben. Was würde sie zu der Unordnung sagen, die ich zurücklasse, wenn ich abends gehe, über ihr Bett verstreut liegen Briefe und Fotoalben.
Manchmal setze ich mich dazwischen, warte, dass sich etwas in der Wohnung bewegt, abgesehen von mir. Ich denke an ihre Hand, die die Luft durchschneidet. Das Zorro Z. Doch nichts bewegt sich, nicht einmal eine Fliege verirrt sich in dieses Zeitloch. In der Nachbarwohnung schreit ein Baby. Ein Anfang. Ich bin hier nicht allein, ich kann weiterarbeiten.

In einem der Fotoalben finde ich zwischen Todesanzeigen eine Geschichte, die mir aufgrund ihres Titels auffällt. Ein kleiner, ausgeschnittener Zeitungsartikel aus dem Jahr 1988:

Pfaffenhofen/München
Gemeinsam in den Tod
Eine 26-jährige Studentin aus Pfaffenhofen schied Anfang dieser Woche zusammen mit ihrem 29-jährigen Freund aus dem Leben. Wie der Pressespre-

cher des Polizeipräsidiums München gestern mitteilte, wurden S. und J. tot in der Schwabinger Wohnung der jungen Frau aufgefunden. Die Polizei geht davon aus, daß sich das Liebespaar mit Tabletten das Leben nahm, die genaue Todesursache wird aber noch bei einer Obduktion festgestellt. Ursache für die Tragödie war möglicherweise die Aussichtslosigkeit der Liebesbeziehung zwischen der Medizinstudentin und dem verheirateten Juristen. Die beiden sollen einen gemeinsamen Abschiedsbrief hinterlassen haben. S. studierte nach dem Besuch des Pfaffenhofener Gymnasiums in Regensburg und später in München, wo sie auch seit mehreren Jahren lebte. Sie stand kurz vor dem Abschluß ihrer Doktorarbeit zum Themenbereich Toxikologie.

Diese Geschichte, abseits der eigenen Familiengeschichte, wurde aufgehoben. Ein Abstecher. Vielleicht kannte die Tante die Frau, vielleicht berührte sie deren Geschichte. Wäre es nicht so tragisch, es wäre gut erfunden. Die Steigerung bis hin zur absurden Tatsache, den eigenen Tod durchs Studium erlernt zu haben und dann fachmännisch auszuführen. Und natürlich die Frage, ob der Tod unausweichlich gewesen ist und warum nicht eine Scheidung als mildere Alternative gewählt wurde. Es ließe sich ein Roman darüber schreiben, läge vor mir nicht der Zwischenfall, ich säße dran. Aufgeteilt in: die Perspektiven der drei Figuren. Ehemann, Ehefrau, Geliebte. Und ein vierter, nicht weniger wichtiger Blick auf die Dinge: das Auge der öffentlichen Instanz, das Beobachten seitens der Gemeinschaft. Kann dieses Korrektiv so weit geführt haben, dass der Tod einer öffentlichen Bloßstellung oder Verurteilung vorzuziehen war? Aus heutiger Sicht kaum vorstellbar.

Die direkten Blicke haben mich hier von Anfang an überrascht, ich wusste nicht, wie mit ihnen umzugehen. Ich kam mit einer Narbe auf der Stirn, der Mann in der Post, an einem meiner ersten Tage hier, beäugte sie, ließ nicht ab. *Was ist das, was Sie da oben haben?* fragte er. *Eine Narbe,* antwortete ich kurz, schob meinen Brief über den Tresen zu ihm. *Ja, stimmt, ganz rot.* Er starrte weiter, kam näher, *aber da ist noch etwas anderes, Weißes.*
Das ist Salbe. – Ah, ja! Er ließ den Brief hinter sich in eine Kiste fallen. *Gute Besserung wünsch ich dann!* Ich verstand. Was ich für Distanzlosigkeit ge-

halten hatte, war in Wirklichkeit eine Mischung aus Neugier und Anteilnahme.

Mit einem Foto in den Wald rennen. Bei der Schnellstraße rauf, durch das Wohngebiet. Immer im Kopf das Bild. Vier Menschen, die auf einem Pfahl balancieren. Ich meine, an der Stelle vorbeigekommen zu sein, auf einem meiner Spaziergänge, den Balancierbalken gesehen zu haben, der sich zickzackartig in den Wald legt. Ich will Gewissheit. War es wirklich dieselbe Stelle, an der das Foto aufgenommen wurde? Standen sie genau dort, die Arme ausgebreitet, übersät von Lichtflecken, die durch die Bäume auf Kleidung und Haut fielen. Ich wähle die falsche Abzweigung, lande bei einer anderen Station, hier soll man springen, eine hölzerne Reckstange. Neben dem Foto stand im Album eine kleine Notiz: *Trimm-Dich-Pfad.* Bin ich hier richtig? Auf den Schildern mit Übungsanleitung steht das Wort *Parcours.* Ich gehe wieder zurück, dann gleich beim Weg, schattig gelegen: der Balken. Ich halte das Foto davor, prüfe die Winkel. Die Holzpoller scheinen noch dieselben zu sein, drei große Pflöcke, tief in den Waldboden gerammt. Über sie laufen schmale Latten aus hellerem Holz, wurden sie ausgetauscht? Ich versuche, den Standort des Fotografen ausfindig zu machen, laufe um den Balken herum, stelle mich näher, nein, zu nah, blicke wieder auf das Foto, ein Schritt nach hinten. Dort, wo ich hinmüsste, stehen jetzt kleine Bäume. Gab es sie damals noch nicht? Als zweite auf dem Bild, hinter M.s Großvater: die Tante, geübt balanciert sie, eine Sportlehrerin, die sich für das Mädchenturnen einsetzte, man merkt es ihr an, auch im Alter noch steht sie sicher. Ich mache ein Foto des leeren Balkens, denke, dass von den vier Personen auf dem Bild nur mehr eine lebt: M.s Mutter. Ich haste weiter über den Kiesweg, die Lesung heute Abend, Peter Licht in der Kunsthalle, ich komme zu spät. Gleichzeitig verfange ich mich in Gedanken, meine Füße stocken: Ist es wirklich diese Stelle gewesen? Waren sie genau hier? Es beunruhigt mich, es nicht genau sagen zu können. Andererseits, was spielt es für eine Rolle? Ich renne in eine Richtung, die die falsche ist, weiß es nur noch nicht. Am Ende komme ich an der Wegkreuzung heraus, die ich gerade verlassen hatte. Ich eile zurück. Mein Blick streift im Vorbeihuschen ein Schild. *Trimm dich!* steht dort und ein gestreckter Daumen zeigt in die Luft. Es war richtig, sie waren hier. Ich laufe weiter, schaue auf die Uhr, es ist kurz nach sieben. Die Lesung muss bereits begonnen haben. Ich stolpere aus dem Wald heraus über den Asphalt, höre von Weitem die Stimme von Peter Licht, das gleichmäßig Fordernde. Es treibt mich voran. Staccato, drei Silben pro Schritt. Angekommen. Viel zu spät, lehne ich mich an die Wand, die anderen sitzen und lauschen. Von dem Kassentisch starrt jemand herüber. Ich habe nicht bezahlt und unglaublichen Durst.

Dadurch, dass ich die Geschichte einer anderen Familie rekonstruiere, bricht unweigerlich die eigene hervor. Ich vergleiche, schwitze, schlafe unruhig. Als würde ich auch uns nochmal durchkauen. Doch das Wort stimmt nicht ganz. Es beläuft sich nicht allein auf den Mund, auf die Sprache. Die Arbeit, meine Nachmittage in der Wohnung, zwischen Schriftstücken und stehengebliebener Luft, gehen durch den Körper. Eine aufgekratzte Unruhe. Etwas drängt mich voran, jagt mich weiter durch die Fotoalben und Dokumentenmappen, lässt mich tiefer graben. Ein Sog. Mein Blick, den ich kühl wollte, bleibt es nicht.

Plötzlich ist es mir unerträglich, dass ich in einer Familiengeschichte wühle, die nicht die eigene ist, dass ich Menschen auf Fotos erkenne, als wären sie meine Verwandten. Immer wieder finde ich auf Umschlägen handschriftliche Notizen: *Gute alte Fotos! (aufheben!)* oder *von daheim, sehr gut.* An wen richten sie sich? Notierte die Tante es für sich selbst, oder dachte sie bereits ihre Erben mit, hatte Angst, sie könnten aus Unachtsamkeit etwas wegwerfen?

Auf dem Weg zurück über die Brücke der plötzliche Impuls, den Schlüssel ins Wasser zu werfen, die Quellen versiegen zu lassen. Dort, wo kleine Schlösser an der Balustrade von kürzlichen Hochzeiten zeugen, fließt das Wasser etwas schneller als an übrigen Stellen der Ilm. Der Schlüssel würde nicht lange zu sehen sein.

Meine Familie brach aus Lettland auf, auch sie wurde im Zweiten Weltkrieg zurück nach Deutschland geschickt. Wie viele Familienmitglieder haben wir verloren? Wie viele Geschwister hatte mein Opa überhaupt? Umständlich zählt mein Vater am Telefon die Namen auf, sieben und Tante Therese. Nummer acht: Tante Therese, eigentlich eine Magd auf dem Hof meines Urgroßvaters. Sie bat ihn, mitkommen zu dürfen. Um Problemen aus dem Weg zu gehen, gab er sie als sein achtes Kind aus. Immer wieder sollen Leute gesagt haben, sie sähe ihm besonders ähnlich. Mein Vater zählt die Fehlenden. Zwei von acht Geschwistern sind bei uns gestorben. Ein besserer Schnitt. Waren wir geschickter oder feiger?

Ganz ähnlich verlaufen in beiden Familien die Lebensläufe der Folgegeneration: Rückzug ins Beamtentum, der Wunsch nach Sicherheit. Bausparverträge und Studienreisen. In der dritten Generation dann der Ausbruch. Etwas treibt uns in die Kunsthochschulen. Auch wenn wir nicht davon erzählen: Wir haben Unruhe in uns.

Verschoben. Wie abgetragenes Land. Neu aufgebaut, woanders. Es fehlen nach der Umsiedlung nicht nur Kinder und Möbel, es fehlt der eigene Platz. Im neuen Gefüge muss neu verhandelt werden. Ein Einschnitt, nicht nur geografisch. Wer man war, kann man nicht nahtlos wieder sein. Von jetzt an teilt sich alles wehmütig in zwei Hälften. Damals und hier.

Eine Notiz vom April 1945, der Reichsstatthalter in Salzburg schreibt:

betrifft Deutsche Lehrkraft aus geräumten Gebieten (Osten)
Hat sich bei mir gemeldet, Ich habe über die Verwendung der Genannten noch nicht entschieden.

Es muss der Familie schmerzlich vorgekommen sein, das einstige Ansehen zurückzulassen, das Schulhaus, die Position des Vaters als Direktor, als Organist. Die Musik wird in der Familie auch weiterhin keine unerhebliche Rolle spielen. Sie dient in der Nachkriegszeit sogar als eine Art Alibi.

Im November 1947 wird von der öffentlichen Spruchkammer Pfaffenhofen Anklage gegen die Tante erhoben. Sie soll im Zuge der Entnazifizierung in die Gruppe II der Belasteten eingereiht werden. Grund hierfür ist ihr Amt der Jungmädelgruppenführerin zwischen 1940 und 1944.

Zu ihrer Verteidigung ist den Akten ein Brief des katholischen Pfarramtes beigelegt, der bereits auf Juli 1946 datiert ist. Ich muss über den folgenden Absatz schmunzeln. Ungern möchte ich ihn vergessen wissen und entscheide mich, ihn in das Sammelsurium der Zitate aufzunehmen:

Nationalsozialistische Propaganda lag ihr völlig fern. Sie war bestrebt, die vorgeschriebenen Zusammenkünfte in der Weise auszugestalten, daß sie die Mädel Spiele, Basteln und Singen lehrte. Dabei schaltete (sie), selbst jeglichem jugendlichen politischen Fanatismus abhold, geflissentlich politische Hetzlieder aus, die ja zumeist nicht nur ihrem religiösem, christlichen, sondern auch gepflegten musikalischen Empfinden widersprachen.

Auch in der jetzigen Wohnung steht ein Klavier, Datum und Uhrzeit des letzten Stimmens sind säuberlich notiert. *(12.5.2003 Gestimmt 9.15 – 10.45 h)* Talente und Schuld. Nicht immer bestimmt man, was weitergetragen wird. Es wurde gegraben, also fand man. Die Heimat holte die Tante auf ungewollte Weise ein. In der neuen wurde über eine mögliche Schuld verhandelt. Die alte Heimat, genauer das Pfarramt, wurde daraufhin zur Verteidigung herangezogen. Die Zeit springt hin und her. Mit ihr die Befehlshaber. Doch was falsch war, kann noch immer als richtig ausgelegt werden.

Im Dezember 1947 wird das Verfahren eingestellt, in der Begründung heißt es: *Das Verfahren gegen die Betroffene wird auf Grund der Jugendamnestie eingestellt.*

Die Anklageschrift hat die Tante aufgehoben, wie alle übrigen Dokumente. Ich finde sie in einem blauen Heftordner, der droht, auseinanderzufallen. Ich lege ihn zurück auf den Sessel, der Riss im Einband ist jetzt etwas tiefer.

Immer wieder die Rückversicherung, Telefonate mit Wien: *Kann ich das so herausgeben? Ist dir die Anklageschrift zu belastend, zu persönlich? – Wo hast du die gefunden, ich wusste gar nichts davon. Geahnt hab' ich so was schon, nur geforscht halt nicht.* Das Gespräch schlängelt sich weiter. Nach Gedanken zu möglichen Roaminggebühren und der Aufzucht von Mandelbäumen gelangen wir letztendlich zu der Frage, wo ich den Text überhaupt lesen werde. *Na, dann,* sagt M. in gewohnt lakonischer Art, die mich dennoch jedes Mal von Neuem überrascht:

Wenn du eh im Rathaus liest, dann passt das doch mit den Nazis.

Manchmal überkommt mich der völlig irrationale Impuls, etwas aus der Wohnung zu stehlen. Ich suche mir Gegenstände aus. Ich ziehe Schubladen auf, greife in Schränke. Eine kleine silberne Schere, Büroklammern, ein Brotmesser. Alles Dinge, die ich bräuchte und die hier brach liegen. Ich frage mich, ob sie, die Erben, bei ihrem nächsten Besuch überhaupt bemerken würden, dass etwas fehlt. Über meine Gedanken erschrecke ich mehr als über die Tat selbst, lasse alles liegen und schließe dreimal ab, damit keiner leicht einbrechen kann.

Vor der Wohnung hat es eine andere gegeben. Eine mit Garten, die die Familie sehr mochte. Doch der Mietvertrag lief aus. In die jetzige Wohnung zog die Tante allein, zuvor hatte sie mit ihren Eltern gelebt. Die Fotos zeigen das Ehepaar stets gemeinsam. Er: mit dem immer selben Blick, als sei etwas festgesteckt, die Augen eingerastet hinter den Brillengläsern. Sie: ein rundes Gesicht, darauf ein Lächeln, von dem man nicht sicher sein kann, ob es nicht im nächsten Augenblick kippt. In einem Nachruf auf den Vater heißt es 1969 im *Ilmgau Kurier:*

Aus der glücklichen Ehe ging eine Tochter hervor. Nach Kriegsende übersiedelte die Familie nach Pfaffenhofen, das ihr bald zur zweiten Heimat wurde.

Wieso blieben die übrigen fünf Geschwister unerwähnt? Nahm man nur die gegenwärtige Familie wahr, wusste man gar nichts von ihrem Schrumpfen? Übriggeblieben war nur ein kleiner Kern, der fortan allein die Familienfeste bestritt. Üppige Blumensträuße und ausladende Tischdekorationen zeugen davon. Immer wurde das Arrangement aus Geschenken und Blumen auf einem Einzelfoto festgehalten. Kein Mensch darauf zu sehen. Nur die Dinge, kunstvoll angeordnet, unbeweglich. Die Feste verweisen mit berstender

Leere auf alle diejenigen, die fehlen.

Der sechzigste Hochzeitstag der Eltern wird im Müllerbräu gefeiert. Ich finde eine Rechnung. Im Oktober 1964 aßen 20 Personen Leberspätzlsuppe und Filetbraten mit Kartoffelknödeln. Kein Bier jedoch auf der Rechnung. Nur sieben Flaschen *Nackenheimer Schmittskappelchen*.

Ein weiteres Fest, der sechzigste Geburtstag der Tante im Januar 1985. Ihre Eltern sind mittlerweile verstorben. Sie lebt allein in Pfaffenhofen, der Kern der Familie erneut geschrumpft, bestehend aus nur mehr einer Person. In dem Entwurf eines Briefes an eine Freundin beschreibt sie den Tag:

Zu meiner vollsten Überraschung gestalteten meine Kollegen am Vortag eine sehr schöne Feier im Lehrerzimmer (...), der Chef gratulierte in sonst nicht gekannter Eleganz, das 2 Std. vorher geborene Lehrerorchester brachte ein Ständchen dar.

Dafür hatte ich mit den privaten Feiern ein wenig Pech. Es sollte im Kreis der Verwandten gefeiert werden, Tante L. und T. G. hatten zugesagt neben den Österreichern. Ich war erfreut, daß man mir die Ehre geben wollte. Nun kam alles infolge der grimmigen Kälte (-25 Grad) und Tante G.'s schlechten Gesundheitszustandes anders als geplant, worüber meine Enttäuschung riesengroß wurde. Auch der geplante Nachmittagskaffee mit meinem befreundeten Ehepaar wurde 1 Std. vorher wegen Grippe abgesagt. Fast hätte ich den Tag allein verbracht, wenn nicht unverhoffterweise 4 bekannte Pfaffenhofener zum Gratulieren gekommen wären, so daß es nette gemütliche Stunden wurden.

Ganz ähnlich habe ich es erlebt. Unverhofft kam auch ich in den ersten Wochen zu Gästen im Flaschlturm. Immer wieder wurde am Gartentor gerüttelt, zum Fenster hinaufgerufen. Ich kann sagen, dass ich mich nicht einen Tag einsam gefühlt habe. Gespräche sind hier eine Leichtigkeit, meist beginnen sie an der Mülltonne. Ständig muss ich sie rausfahren, weil die Müllabfuhr nicht durch das Gässchen kommt. Meist vergesse ich das Datum, einmal bin ich zu früh, dann stimmt der Abstellort nicht.

Lassen Sie sie ruhig stehen, sagt mein achtzigjähriger Nachbar, *die stört ja keinen. Ich fahre sie dann hoch, wenn es so weit ist.* Er deutet in Richtung Wollhaus, mir gefällt seine Unkompliziertheit. Als säße in diesem Körper ein sehr junger Kopf. Überhaupt stoße ich auf einige bayrische Exemplare, die mich in ihrer freien, fast schon autonomen Denkungsart überraschen. In der Wohnung finde ich in dem Bayern Kalender von 1948 einen Textabschnitt von Freyberger Laurentius, der mir die Mentalität der Menschen hier am besten zusammenzufassen scheint:

Der Altbaier ist vor allen anderen Dingen einerseits Individualist, Einzelwesen, das um sich einen unsichtbaren Schutzmantel trägt. Fremde verstehen oft nicht, weshalb er sich plötzlich darin verpanzert und sich dahinter wie in einer Festung verschanzt. Irgendeine fremde Aufnötigung hat ihn dazu veranlaßt. Gewiß ist er gesellig, aber unerwarteterweise kapselt er sich ab und ein und wird undurchdringlich. Das ist in Hinsicht auf seinen leidenschaftlichen Drang nach persönlicher Freiheit zu erklären. Die Lebensführung ist bei uns naiv-demokratisch, unmilitärisch und ein wenig graziös unordentlich im Gegensatz zu dem preußischen Stile betont korrekter äußerlicher Lebensführung.

Es ist eben derselbe Nachbar, der mich mit seiner Frau zum Kaffee einlädt. Als ich klingle, hör ich kurz darauf Schritte eine Treppe heruntereilen. Wieder klingt es nach einem sehr jungen Menschen, doch dann öffnet der Nachbar die Tür. Wir gehen hoch ins Wohnzimmer. Ich darf zwischen vier Sorten Kuchen wählen, die weiße Tischdecke samt Kerze erinnern mich an Weihnachten. An jenem Tag lerne ich das Wort *Zeitlang.* Meine Nachbarin sagt es, als sie von ihrem Aufenthalt im Internat fernab ihrer Familie erzählt. Ich denke erst an Langeweile. Nein, es sei etwas anderes. Mit Sehnsucht habe es zu tun. Das Wort gefällt mir sofort. Vielleicht, weil die Zeit darin mit einem Ort oder Menschen in Verbindung steht, sich dehnt und der gewöhnlichen Messung entzieht. Trotz des schmerzlichen Fehlens scheint mir darin auch ein Ziel verborgen zu stecken, ein Sehnsuchtsort und somit die tröstliche Hoffnung, zurückzukehren.

Als ich mich verabschiede, die Kerze ist längst abgebrannt, der Kuchen nicht ganz aufgegessen, setzt mein Nachbar an, will etwas sagen, grinst, stockt kurz, sagt dann doch: *Fast hätte ich jetzt gesagt, wir freuen uns immer über Besuch aus dem Ausland.*

Auf absurde Weise wird auch das – nach dem schlesischen Landkreis Rosenberg benannte – *Rosenberger Kreisblatt* im Juli 1969 in einem Nachruf auf den Vater betonen:

Wie hochgeschätzt er in seinem letzten Wirkungsort Pfaffenhofen war, zeigt die große Beteiligung an seiner Beerdigung. Neben vielen Verwandten gaben ihm zahlreiche Einheimische das letzte Geleit und erwiesen damit, welcher Wertschätzung er sich auch in der Fremde unter den Mitbürgern und ehemaligen Schülern erfreute. (...) Der Geistliche, ein Bruder des Heimgegangenen, gab ihm in sein Grab geweihte Heimaterde mit.

Aus Sicht der schlesischen Zeitung gilt Bayern auch nach den über zwanzig Jahren, die die Familie dort verbracht hat, noch immer als Fremde. Wieder fällt mir das Zitat auf dem kleinen Stück Papier ein, das ich zu Beginn meiner Streifzüge durch die Wohnung fand:
Wer vor langer Zeit aus der Fremde gekommen ist, mag vergessen, daß er ein Zugewanderter ist, die Einheimischen aber vergessen es nie.

Ich frage mich, ob nicht eher niemand vergessen kann, sei er nun Zugewanderter oder Einheimischer, es betrifft beide Seiten. Dazwischen ein Spalt, der über die Jahre schmaler wird, sich jedoch nie ganz schließt. Die Heimaterde als Kitt. Der Verweis auf dem Grabstein. Ich kann jetzt dessen Bedeutung besser verstehen. Der Versuch, mit einer Lücke umzugehen, die zu Lebzeiten nie geschlossen wurde.

Zwei Dinge, denke ich, und falle in die heutige Zeit zurück, zwei Dinge haben die Flüchtlinge in Pfaffenhofen und ich gemeinsam: Wir werden mit einem Fahrrad ausgestattet und suchen die Hotspots.

Wie es mir gehe, fragt mich die Bibliothekarin der Kreisbücherei. Ich versuche, was sich innen abspielt in Mimik zu fassen, lasse Bedrücktheit über mein Gesicht ziehen, bis hin zu den Augenbrauen, *der Nachlass, keine leichte Sache.* Sie nickt und schüttelt gleichzeitig den Kopf, *was suchen Sie sich auch so ein Thema aus, wo doch Sommer ist. Jetzt gehen Sie mal ins Freibad!*

M. schreibt mir, dass sein Atelierhaus in Wien jetzt aufgelöst würde. Das Haus sei an einen Investor verkauft worden. Wieder ein Ort, der verschwindet. Er müsse jetzt seine Sachen einlagern, bis er eine neue Wohnung gefunden habe. Ich antworte, dass ein Neustart sicher hilfreich sei. Reduziert aufs Wesentliche. Ich behaupte: *Ein Koffer voll reicht für den Sommer.* Elf Minuten später die Antwort per SMS: *Stimmt Köfferchen reicht. Gegebenenfalls auch nur ein Messer.*

Ein letztes Mal gehe ich durch die Wohnung. Ich frage mich, wo all diese Dinge hinkommen werden. Gestapelt in Kisten, auf einen Dachboden in irgendeinem Haus in Wien. Im Moment weiß niemand so gut Bescheid wie ich, was sich wo befindet. Ich habe Staub aufgewirbelt. Gelesen, was immer mir in die Hände fiel, wobei das der falsche Ausdruck ist, vieles fiel nicht, ich griff danach. Wollte ein Geheimnis lüften, vielleicht.

Im Flaschlturm stehen jetzt zwei Eierbecher aus gedrechseltem Holz. Sie sind nicht immer dort gewesen. Aber wer kann das schon von sich behaupten?

Vita Marie-Alice Schultz

Marie-Alice Schultz wurde 1980 in Hamburg geboren, studierte Theaterwissenschaft und Germanistik in Berlin sowie Bildende Kunst in Wien. Seit 2010 arbeitet sie an der Schnittstelle zwischen Performance und Literatur. Sie war Mitherausgeberin der Literaturzeitschrift „tau".

Während ihres Aufenthalts in Pfaffenhofen arbeitete sie an ihrem Debütroman, der unter dem Titel „Mikadowälder" 2019 im Rowohlt Verlag veröffentlicht wurde. Dieser Roman erzählt von Liebes-, Familien- und Freundschaftsverhältnissen, von EigenbrötlerInnen und den Irrungen und Wirrungen zwischenmenschlicher Verhältnisse.

2022 erschien in der Frankfurter Verlagsanstalt ihr zweiter Roman „Der halbe Apfel"; auch hier erzählt Marie-Alice Schultz wieder von menschlichen Beziehungen, dem Verheddern in verzwickten Konstellationen und dem Ausbruch daraus, darüber hinaus ist dieser Roman eine Beschäftigung mit dem eigenen künstlerischen Schaffen – und nicht zuletzt mit den Erinnerungen an die eigene, französische Mutter und deren plötzlichen Tod.

Neben ihrer schriftstellerischen Tätigkeit entwickelte Marie-Alice Schultz unter anderem mit der Tänzerin Gaëtane Douin die Performance „Building/s Stories" auf Grundlage ihrer gemeinsamen Forschung zu abrissbedrohten Bauwerken in Hamburg. Mit dem Klangkünstler Felix Mayer realisiert sie seit 2020 ortsgebundene Installationen, darunter die Arbeit „Speicher" in einem ehemaligen Eiskeller in Döschnitz/Thürigen.

Im Rahmen der Inszenierung „Neue ungehaltene Reden ungehaltener Frauen" war ihr Textbeitrag „Faustdick. Rede an meine Hand" im März 2022 am Berliner Ensemble zu sehen.

Pfaffenhofen Uptown

GM '24

„Ja, was wollt's denn überhaupts?"

Ein paar kleinlaute Stimmen antworten ihr, nichts Gutes ahnend, von unten:

„Den Herrn Willmann natürli'!"

„Ja, der is' ja furt, der is' ja gar net da", erklärt die Träglerin ohne jedes Bedauern.

Huber sieht den Chorregent langsam an:

„Jatzt dös is' scho' sehr guat," sagt er, „iatzt hab i' mei' schöne Red' umasunst g'halten."

„Ja, wann kommt er denn heim?" fragt der Oberregierungsrat, dem eine furchtbare Ahnung aufdämmert, ängstlich.

Da neigt sich die Träglerin ganz weit aus dem Fenster und sagt mit deutlicher Betonung, daß es auch gewiß ein jeder hört: „Gar nimma kimmt er hoam; i' sag's ja, furt is' er."

(S. 197)

Peter Zemla
**Ein Herr namens Fürbringer,
Vorbringer, Fortburger
oder so ähnlich (2018)**

Es war das Jahr der Baustellen. Die Kräne hakten sich tentakelig hoch, höher in den kaum Widerstand leistenden, weil blank gepusteten Himmel des Frühlings. Die Bagger, die Bohrer wühlten sich tief, tiefer ins weich gewordene, nachgiebige Erdreich. Kaum ein Bewohner der Kleinstadt, die Älteren, die verwundert um sich blickten, als wären sie aus einem verwirrenden Traum erwacht, fanden, dass ihre Stadt so klein mit einem Mal gar nicht mehr war, blieb verschont vom jeden Vogelruf übertönenden metallenen Scheppern, dem kiesigen Rasseln, dem ziehenden Quietschen, dem meißelnden Rattern, dem schleifenden Kreischen, dem hydraulischen Fauchen, dem jammernden Jaulen, dem von knappen, kehligen Rufen der gegerbten Arbeiter durchsetzten nicht immerwährenden, weil es sogar für die gegerbten Arbeiter einen Feierabend gab, aber selbst noch nach Feierabend in den Köpfen widerhallenden und nachklingenden, also doch immerwährenden Brummen der durch Mauerwerk und Asphaltdecken, der in den Untergrund sich fressenden Maschinen. Vielleicht lag es ja an diesem Brummen, dass in den Köpfen der Bewohner der Kleinstadt, auch in den Köpfen der Bewohner der die Kleinstadt umgebenden Dörfer und Weiler, da des Lebens Notwendigkeiten sie zwangsläufig die Kleinstadt besuchen ließen, ein eigenartiges holzwolliges Gekräusel sich breit gemacht hatte, das es wert gewesen wäre, computertomografisch näher untersucht zu werden, hatte es doch allem Anschein nach in der fraglichen Zeit nicht unerheblichen Einfluss auf die Wahrnehmung der Kleinstädter, die, darüber sollte spätestens nach Erscheinen des *Wahrhaftigen Berichts* kein Zweifel mehr bestehen, eingeschränkt genannt werden musste.

Alles begann, als alles bereits geendet hatte. Am Himmelfahrtstag nämlich, der wie die Tage, die Wochen zuvor von einer außergewöhnlichen Pracht gewesen war, Teil einer Schönwetterperiode, die der Kleinstadt, aber bei Weitem nicht nur dieser, Temperaturen beschert hatte, die das durch jahrzehntelange gewissenhafte Aufzeichnungen ermittelte Mittel um ein Beträchtliches überstieg. Die Kerzen an den Kastanien leuchteten, der Flieder, weiß, violett, drang einem duftend ins Hirn, der Hopfen, für den die Kleinstadt und ihre Umgebung bekannt waren, hatte sich in seinen luftigen Quadern aus Holz und Draht hüft-, an manchen Stellen schon brusthoch in die Vertikale

100

gerankt. Aus heiterem Himmel und in Windeseile aber braute sich gegen Abend etwas zusammen am Himmelfahrtstag, schwarzwolkig klumpwolkig, als ballten dort oben sich titanische Fäuste, bereit, jeden Augenblick Krawall zu schlagen. Die Bedienungen in den Cafés auf dem Marktplatz der Kleinstadt legten bange die Köpfe in den Nacken, und die vielen Ausflügler, die noch unterwegs waren, taten es ihnen nach. Alle waren gebannt vom meteorologischen Spektakel, das längst eine vorausschauende Tat erfordert hätte, aber man konnte gar nicht anders, als zu schauen, man wollte ihn sehen, jetzt gleich, den Blitz, man wollte ihn krachen hören, den Donner. Doch bevor es dazu kam, fegte aus dem Nichts, jedenfalls von niemandem erwartet, orkanisch, gewaltig, eine Böe über den Platz, riss vom Maibaum und seiner, wie der ehrenbürgerliche Dichter der Kleinstadt es einst formuliert hatte, weißblauen Fröhlichkeit eine der Holztafeln, mit denen sich traditionellerweise die Zünfte darstellen, die in diesem Fall jedoch kurioserweise einen Gewichtheber porträtierte, trieb diese durch die Luft und schlug mit ihr mit einer nicht für möglich gehaltenen Wucht und Präzision der auf der Mariensäule thronenden Statue ihren vergoldeten, im Nacken festgeschweißten, mit zackigen Sternen versehenen Heiligenschein ab.

Dieser im Abendschein funkelnde Kranz wirbelte rotierend zu Boden und, so diktierte es der Metzgermeister Anton Kremmel in ein Aufnahmegerät, so war es zwei Tage später in der Heimatzeitung der Kleinstadt nachzulesen, hätte meine geliebte Frau mit größter Wahrscheinlichkeit getroffen und ihr schlimmste Verletzungen zugefügt, wenn ihr nicht gar, wer weiß es, wer kann das sagen, den Kopf vom Leibe getrennt. Dass es so weit nicht kam, der Himmelfahrtstag nicht in einer Tragödie endete, sei, so Kremmel, allein dem beherzten Eingreifen eines jungen Mannes geschuldet, der, die Situation offenbar intuitiv erfassend, meine Frau, also Frau Kremmel, zur Seite und damit aus der Gefahrenzone hinausgedrängt habe. Sie sei zu Boden gestürzt, während neben ihr scheppernd der Heiligenschein, Funken sprühend, aufschlug. Sie habe aufgeschrien, er, Kremmel, habe aufgeschrien, mehrere Dabeistehende hätten aufgeschrien und geblitzt habe es sodann und fast gleichzeitig gedonnert, dass der Marktplatz der Kleinstadt erzitterte.

Natürlich machte der Fall des Marienheiligenscheins Schlagzeilen, sogar in der überregionalen Presse fand er als Kuriosum Erwähnung. Die nachgereichte Schilderung des Ehepaars Kremmel und ihre persönliche Sicht auf die Dinge schaffte es hingegen nicht über die Grenzen der Kleinstadt hinaus. Wer denn der Retter gewesen, wo denn der Retter abgeblieben sei, wurde in dem Kremmel-Artikel gefragt, um den Leser mit der dürftigen Nachricht zurückzulassen, dieser sei in der allgemeinen Aufregung in der Menge, die sich um die Kremmel gebildet hatte, spurlos und unerkannt verschwunden, noch ehe der Kremmelsche Dank, nachdem man realisiert hatte, was geschehen war, ihn hatte erreichen können.

Die meisten, die es lasen in der Kleinstadt und ihrer Umgebung, die die Zeitung vielleicht mit den gedachten oder auch hingemurmelten Worten *Hat's Glück g'habt, die Kremmel* beiseitelegten, hatten den Vorfall tags darauf wieder vergessen. Dass man dergleichen nicht einfach vergessen sollte, meinte dagegen Reinhold Waller, Oberstudienrat am hiesigen Gymnasium, Stadtrat und durch zahlreiche Publikationen ausgewiesener Erforscher der die Kleinstadt und ihre Umgebung betreffenden sogenannten Heimat. Ein Verdienst, meinte er, läge hier vor, das entsprechend gewürdigt gehöre, eine Form von Achtsamkeit und Verantwortung habe sich manifestiert, die unter dem Tisch, wohin man sie fallen lassen könnte, nichts zu suchen habe, sondern vielmehr ins Licht der Öffentlichkeit gerückt werden müsse.

Waller beschloss tätig zu werden. Er hatte ein Ziel, und ein Ziel, so lautete seine Überzeugung, das akribische Studium alter Akten und Urkunden, in die er sich förmlich verbeißen konnte, hatte ihm einen beinernen Beharrungswillen gelehrt, will erreicht sein. Ein Besuch in der Metzgerei Kremmel, der am Beginn seiner Erkundigungen stand, brachte ihm die spärliche Information ein, dass es sich bei dem Gesuchten um einen Menschen männlichen Geschlechts gehandelt habe. Jung sei er gewesen, sagte Frau Kremmel, stattlich, gebräunt. So jung auch nicht wieder, sagte Herr Kremmel, nicht sonderlich groß, nicht auffallend klein, eher blass vom Typ. Halbschuhe aus feinem italienischen Leder habe er getragen, glaubte Frau Kremmel, am Boden liegend, erkannt zu haben. In fast bis zum Knie reichenden Stiefeln habe er gesteckt, war dagegen Herr Kremmel überzeugt. Und mit einem mit Silberknöpfen besetzten kurzen Janker aus brauner Wolle sei er bekleidet gewesen, und ein flacher breitkrempiger Filzhut habe sein Haupt bedeckt, fast wie es der Tracht der Kleinstädter entsprach, so der Metzger. Ach was, von einer Tracht könne die Rede nicht sein, entgegnete seine Frau, sie habe ihrem in ein elegantes Blouson gewandeten Retter ins südländisch geschnittene, von keinerlei Bedeckung beschattete, ihr zulächelnde Gesicht geblickt, ehe er verschwand.

Waller war einer, den solcherart Ungereimtheiten anstachelten. Im Stadtrat, im Lehrerzimmer, in den Vereinsheimen, und Waller kannte von Letzteren viele, war in vielen zugange, instruierte er alle, die es hören wollten und selbst jene, die wegzuhören vorgaben, *Der Waller wieder*, die Ohren offen zu halten, nachzufragen, nachzuhaken, ob nicht wer wüsste, ob nicht wer kannte, der jemanden kannte, der zu wissen glaubte, wer der Nothelfer vom Marktplatz gewesen war, gewesen sein könnte. Waller war bestens vernetzt, und das Netz, das er auswarf, erstreckte sich über die Stammtische der Kleinstadt, die Amtsstuben, die Kanzleien, die Arztpraxen und die Wartezimmer der Amtsstuben, Kanzleien und Arztpraxen, reichte hinein in die Elternautoschlangen vor Schulen und Kindergärten, durchmaß die Reihen am Wochenmarkt und machte selbst vor den Umkleidekabinen der Bäder, der Sportvereine und Fitnessclubs nicht Halt.

Was man ihm zutrug, waren Geschichten, die sich ausnahmslos in den vergangenen zwei Wochen ereignet hatten. Geschichten, die, bevor sie erinnert und erzählt wurden, mit der Wendung *Jetzt, wo du's sagst* begannen und mit dem Diktum *Genau, da war doch einer* in Fahrt kamen. Waller notierte Namen, Adressen, so diese nicht erst ermittelt werden mussten, Umstände und sah am Ende einen ansehnlichen Zettelwust auf seinem Schreibtisch sich türmen. Er hieb mit der flachen Hand auf das letzte freie Fleckchen des Tisches und rief: Ich hab' es geahnt. Und nach einer kurzen Pause, leiser nun, bestimmter, schon hatte er sein davongaloppierendes Herzklopfen wieder unter Kontrolle: Ich hab' es gewusst.

Waller machte Termine und arbeitete diese, mit Stift und Notizblock bewaffnet, ab, am Telefon, meist aber kam er persönlich vorbei, weil er die Ansicht vertrat, im direkten Gegenüber hätten die Ausflüchte es schwerer. Doch Ausflüchten hatte Waller kaum entgegenzuwirken. Jeder, der sich an eine Begegnung mit dem Fremden erinnerte, tat es mit einer Begeisterung, die sich nicht selten ins Fiebrige steigerte, je mehr und eingehender er von ihm berichtete.

Ein Herr Feßl wollte ihn im Bürgerpark bei seiner Mittagspause getroffen haben. Ein kurzes, aber intensives Gespräch habe sich entwickelt, in dessen Verlauf der ihm Unbekannte, ein hoch aufgeschossener Mann mit Schwimmerfigur und Hakennase, ihm, Feßl, ein Rezept gegen Kopfgrind anempfohlen habe, eines, das er, Feßl, von der Überzeugungskraft des Schwimmers gepackt, noch am selbigen Tag, mithin sofort ausprobiert habe. Sehen Sie, sagte er zu Waller, und hielt ihm den gesenkten Kahlkopf zur Inspektion hin, nichts sehen Sie, wie weggeblasen.

Einer Frau Hirmer, erfuhr Waller, habe auf dem Golfplatz in Hausen ein netter Herr, eher klein, pausbackig, mit knolliger Nase, aber nett, wie sie betonte, charmant, außerordentlich höflich und charmant, bei ihrem Schwung geholfen. Alles andere als aufdringlich sei er gewesen. Zuerst hätte sie geglaubt, er müsse zum Personal gehören, sei aber im Clubhaus auf ihre spätere Nachfrage hin eines Besseren belehrt worden. Jedenfalls habe er ihr aus höflicher Distanz eine Zeitlang zugeschaut, sich dann genähert, ganz und gar ohne Hintergedanken, das unterstrich Frau Hirmer, das sei ihr unmittelbar klar gewesen. Unverkrampft und souverän sei er aufgetreten und hätte sie korrigiert, ihre Hüfte, ihr Knie, ihren Unterarm, ihre Schulter. Kaum habe sie es gespürt, wenn er das entsprechende Körperteil mittels zweier Finger nach vorne oder hinten, je nachdem, dirigierte. Kleinste Korrekturen nur seien es gewesen, ohne dass er viel dazu hätte erklären müssen. Sie würde es dann wissen, wenn das Richtige getan werde, habe er gesagt, so Frau Hirmer zu Waller. Und stellen Sie sich vor, sagte sie und Waller notierte es und markierte es am Rand mit einem Ausrufezeichen, er hatte recht.

Frau Apfelkammer traf Waller im Seniorenheim an der Warter Straße, am selben Tisch im selben Aufenthaltsraum, an dem sie jüngst einen Blondgelockten in den besten Jahren sitzend, wartend vorgefunden hatte. Zu Füßen lag ihm ein schwarzer Schäferhund, wie auch sie, Frau Apfelkammer, früher einen gehalten hatte. Den hatte der Fremde, wie Waller recherchierte, sich im Tierheim der Kleinstadt zum Spazierengehen ausgeliehen. Worüber sie, Frau Apfelkammer und der Blonde, sich unterhalten hatten, sie hatten sich lange unterhalten, hatten lange den sich immer wieder auf den Rücken drehenden und die Beine in die Höhe reckenden Hund gestreichelt, wollte sie Waller nicht verraten. Ihr sei aber gewesen, sagte sie, unmittelbar dabei und auch danach noch, als hätte das Leben mit einem Mal in einen höheren Gang geschaltet, als fühle sie das Blut in ihren Handgelenken pulsen und schnappe nach Luft, wie man es auf einem Berg tue, wenn plötzlich ein aus großer Höhe herabfahrender Wind bläst.

Herr Brückl, ein sonst und im Grunde einsilbiger Bauarbeiter, berichtete, wie er im Trupp mit Kollegen der Gemeindestraße vier hinter Köhlhof eine neue Teerdecke übergezogen hatte. Wie er also an jenem viel zu warmen Tag auf seinem Mobiltelefon eine Kurznachricht empfangen und gelesen und den Sinn der erhaltenen Mitteilung zu ergründen versucht hatte. Wie gleichzeitig und also der Planierer, mit seiner Walze dem dampfenden Teer zu Brei fahrend, oben auf seinem Vehikel sitzend einer Tagträumerei wahrscheinlich amouröser Art nachgehangen war. Wie dieser, der Planierer, auf seinen Kollegen, ihn, Brückl also, zugerollt war, langsam zwar, aber stetig. Und weil keiner der beiden bei der Sache, die ihre Aufmerksamkeit erfordert hätte, die Erneuerung des Straßenbelages nämlich, gewesen wäre, so der Brückl zu Waller, er, Brückl, mit einiger Wahrscheinlichkeit also unter die Walze geraten wäre. Sein Fuß zumindest wäre also hineingezogen worden zwischen Walzmetall und heißem Teer, wäre gequetscht, möglicherweise lädiert, ernsthaft in Mitleidenschaft gezogen worden, möglicherweise derart, dass an einen herkömmlichen und ordnungsgemäßen Gebrauch des Fußes nicht mehr zu denken gewesen wäre. Zum Krüppel hätte ich werden können, so Brückl. Am Morgen, zitiert ihn Waller, habe er sorgenlos die Wohnung verlassen und am Abend wäre er beinahe als Krüppel zurückgekehrt, wenn, ja wenn ihn nicht also mit einem Mal eine Hand gepackt und zur Seite gezogen hätte. Mit einem Mal sei dieser lang- oder spinnenbeinige Dürre mit dem zum Zopf gebundenen Schwarzhaar also aus dem Wald herausgesprungen, eben sei von ihm noch nichts zu sehen gewesen, hätte ihn, Brückl, zur Seite gezogen und sich auch schon entschuldigt für sein allzu grobes Zupacken, das allzu resolute, aber gebotene Zerren an der orangenen Warnweste.

Der Vorsitzende des Vogelvereins der Kleinstadt, Franz Bogenrieder, sagte aus, er habe mit einem Herrn Vorbringer oder so ähnlich telefoniert, ein anregendes Gespräch, das, obgleich nur fernmündlich geführt, zu den angenehmsten und anregendsten seit Langem zu zählen gewesen sei. Besagter Herr, der über eine einschmeichelnde sonore, akzentfreie Stimme verfügt hatte, habe ihm, Bogenrieder, den ersten Ruf eines Kuckucks in diesem Frühjahr melden wollen, auf dem Schneidberg habe er den Rückkehrer aus dem Kongobecken vernommen. Man habe sich sodann über die in der Umgebung der Kleinstadt heimische Vogelwelt ausgetauscht. Einen Grünspecht habe er kürzlich gesehen, so der Anrufer, auf einer Wiese an der Ziegelstraße, brachliegender Baugrund, wie er annehmen müsse, zum Greifen nahe, sogar locken habe er ihn können, ein Stück weit, bis das Scheppern in einem Altglascontainer die weitere Kontaktaufnahme beendet habe. Und dann habe er, der Herr Vorbringer, Fortbückler oder so ähnlich auf absolut authentische Weise das Klopfen eines solchen Grünspechts nachgeahmt, wie es Bogenrieder noch nie gehört hatte. Er, Bogenrieder, habe mit dem Singen eines Grünfinken geantwortet, woraufhin am anderen Ende der Leitung das charakteristische Tschak-tschak der Elster ertönte. Minutenlang, vielleicht länger hätten sie sich einander Vogelstimmen zugesungen, hätten gepfiffen, getrillert, getschilpt, jubiliert. Zeisig, Drossel, Kiebitz, Kohlmeise, Eichelhäher, Zaunkönig hätten ihren Auftritt gehabt, so Bogenrieder. Ein Fest sei es gewesen, ein Fest, sagte er zu Waller, Sie können sich das gar nicht vorstellen.

Grauhaarig, kurzbeinig sei der Mann gewesen, sie könne sich gut erinnern, der Hedwig Finsterer aus Streitdorf aufgefallen war. Durchs Dorf sei er marschiert, kurzhosig, strammwadig, mit groben Wanderschuhen an den Füßen. Natürlich habe sie aus ihrem Küchenfenster geblickt, was das für einer sei. Heutzutage wüsste man nie, sagte sie zu Waller, viel Gesindel sei unterwegs, Gefrett, das Ausschau halte, was man habe und wo was zu holen sei. Jener aber sei gar nicht verstohlen gewesen, hätte vielmehr, als er sie erblickt hatte, zu ihr, die zu ihm hinausblickte, hereingeblickt und dann, als wäre es das Natürlichste der Welt, ihr gewunken. Gewunken habe er ihr und sie habe, was ihre Art sonst nicht sei, schon gar nicht Fremden gegenüber, zurückgewunken. Vielleicht, sie wolle das nicht ausschließen, obwohl es ihre Art nicht sei, hatte sie in diesem Moment mit dem Gedanken gespielt, das Fenster zu öffnen und zu dem Mann hinauszurufen, ob er, weil es warm war, nicht ein Glas Wasser trinken wolle. Aber da war er auch schon am rechten Rand ihres Fensters und damit ihres Blickfeldes angelangt. Und sie, Finsterer, musste sich gegen den linken Rahmen ihres Fensters pressen, um noch zu sehen, wie der Kurzhosige eine in der Wiese gegenüber sitzende, auf eine Maus lauernde Katze ansprach und, verwunderlicher noch, wie die zum Maussprung gespannte Katze sich entspannte und aufrichtete, sich beinahe schon auf ihre Hinterbeine aufrichtete, offensichtlich antwortete, jedenfalls eine ihrer Pfoten hob und in eine Richtung deutete, als wolle sie bereitwillig Auskunft geben über den nachgefragten Weg.

Auch ein Landwirt aus Wolfsberg, namentlich wollte er nicht genannt werden, beobachtete zur fraglichen Zeit eine ihm unbekannte Gestalt, älter allerdings schon, am Stock gemächlich dahinspazierend. Sie blieb auf seinem Hof stehen, gab er Waller zu Protokoll, und sah herüber zu den beiden Kälbern, die in einem Gittergeviert, Waller notierte sich das Wort Käfig, steckten, kaum dreimal so breit wie sie selbst. Die Kälbchen hatten es ihm wohl angetan, hieß es. *Weil süß sind's, die Viecher, wenn's klein sind.* Aber dass ihm, dem Fremden, plötzlich die Tränen über die Wangen liefen, wenn mir die blendende Sonne keinen Streich gespielt hat, dann waren es Tränen, die flossen, sagte der Landwirt, das habe er nicht verstanden und, er gebe es zu, es hätte ihn in einer unangenehmen Weise schon irritiert.

Nein, von Tränen und Traurigkeit keine Spur, sagte Max Guttmann, Betreiber eines Kalibrierservice, der die Bekanntschaft des Betreffenden im Pfaffelbräu gemacht haben will, das heißt an den Tischen und Stühlen vor dem Pfaffelbräu. Draußen sei man gesessen, es seien schließlich herrliche Tage gewesen so früh schon im Jahr. Weißwürste seien ihnen aufgefahren worden, Laugengebäck, ein Bier habe man sich gönnen dürfen dazu, obwohl es noch so früh war am Tag. Aber Alkohol, erklärte Guttmann Waller gegenüber ganz ernsthaft, hätte es gar keinen gebraucht, hatten wir nicht gebraucht, hatten wir doch, erst am Nebentisch sitzend, schon bald an unserem eigenen Tisch herübergeholt, diesen Herrn Frohbrucker oder so ähnlich. Ein Pfundskerl sei er gewesen, vollbärtig, glutäugig und eine launige Bemerkung nach der nächsten hervorzaubernd, dass unsereiner gar nicht anders konnte als zu lachen, ein Lachen, das sich fortpflanzte und multiplizierte, wenn jener, den keiner von uns zuvor je gesehen hatte, nur den Mund auftat. Tische seien zusammengerückt, noch eine Runde sei geordert worden. Ein Vormittag zum Umarmen sei es gewesen, so Guttmann. Erst recht, als Vohbrückner oder so ähnlich seinen Kamm aus der Gesäßtasche, ein Stück Papier aus der Innentasche seines Jacketts geholt und auf dem Kamm zu blasen angefangen hatte, *Highway to Hell* und *Stairway to Heaven,* und alle eingestimmt hatten, und einer der Unsrigen sogar seinen Stuhl erklettert und den Luftgitarristen gegeben hatte. Bis, sagte Guttmann, den Zeigefinger hebend, dass Waller von seinem Notizblock aufsah, einer von ein paar abseits sitzenden Burschen einer braunhäutigen mit einem Kopftuch bekleideten Vorübergehenden die Frage *Krebs oder Moslem?* hinterhergeschickt hatte und nun auch der stille Tisch der Burschen in ein Gelächter ausgebrochen war, ein böses, gehässiges allerdings. Da hätten Sie aber mal unseren Rauschebart sehen sollen, wie er fuchsteufelswild aufgesprungen sei, mit der Faust auf den Tisch gehauen habe, dass die Gläser wackelten, und mit zwei, drei geknurrten, keine Entgegnung duldenden Bemerkungen, mehr brauchte es nicht, mehr brauchte er nicht, die Burschen eingedampft hatte, dass die gar nicht schnell genug ihre Zeche begleichen und das Weite suchen konnten.

Der Franchisenehmer einer Schuhfiliale, Clemens Hufnagel, begegnete einem seiner Einschätzung nach wohl situierten Mittvierziger auf einer ausgewiesenen Joggingstrecke im Westen der Kleinstadt, als er, Hufnagel, das rote Hemdchen des Lauftreffs der Kleinstadt am Leib, von einem Krampf an der Oberschenkelrückseite am weiteren Fortkommen gehindert, auf der Erde gekauert war. Mit fistelnder Stimme habe der Unbekannte ihm erklärt, *Keine Sorge, das hätten wir gleich.* Das lädierte Bein habe er sich gegriffen, ihn, Hufnagel, auf den Rücken gelegt, gebogen, gezogen, gerüttelt, geschüttelt, auf den Bauch ihn gedreht und abermals hineingegriffen ins Schenkelfleisch, kräftig, aber wohlgemerkt auf wohltuende Weise, gedehnt, gestreckt, ihn, Hufnagel, als Ganzes zurück auf die Beine gestellt, ihn den Rumpf beugen lassen, einmal, zweimal, seine Wirbel abgetastet am Hals, am Rücken, an den Lenden, sanften Druck ausgeübt hier und da, das Wort *Dorn* sei gefallen, ehe ein finales Klatschen in die Hände die Behandlung für beendet erklärt hatte. Der ihm

Fremde habe in die Hände geklatscht, sagte Hufnagel. *Das hätten wir,* habe er gesagt und *Schönen Tag noch.* Und wissen Sie was, fragte Hufnagel Waller, eine rhetorische Frage, die keine Antwort verlangte: In der Woche darauf sei er, Hufnagel, beim Halbmarathon in der Landeshauptstadt Bestzeit gelaufen.

Die gelernte Rechtsanwaltsgehilfin Astrid Breitner begann das Gespräch mit Waller mit dem Geständnis, dass sie über das zu berichtende Ereignis seither noch nicht gesprochen habe, dass sie es am liebsten verdrängen würde, aber wohl weiß, dass sie es nicht verdrängen dürfe. Sie sei Luft schnappen gewesen mit ihrer gerade drei gewordenen Tochter, hatte auf der sogenannten Insel, die von der Kleinstadt im Zuge einer Gartenschau der Bevölkerung zugänglich gemacht worden war, eine Freundin getroffen, habe nicht Acht gegeben einen Moment, in dem ihre Tochter, einem freilaufenden Hund hinterhertapsend, eine Rampe zum Flüsschen hinabgegangen sei. Sie, die Tochter, habe den Hund streicheln wollen, der auf einen Pfiff hin kehrtgemacht habe und zurückgesprungen sei, was die tapsige Tochter taumeln ließ, fallen kopfüber ins Wasser, sie, Breitner, habe das, obwohl mit dem Rücken zum Geschehen stehend, gesehen, sei, kaum hatte sie es gesehen, losgerannt in großen Sätzen, aber da sei ihr Kind schon schreiend, mehr vor Schreck schreiend, als dass etwas Ernsthaftes passiert wäre, auf der Schulter eines sehr kleinen Mannes, eines wirklich winzigen Mannes, *Darf man von Zwergen noch sprechen heutzutage?,* gelegen, der ihr entgegengekommen sei, ihr die Tochter gereicht habe und, als sie Zeit fand, sich nach ihm umzudrehen, vier, fünf Sekunden später verschwunden gewesen sei.

Reinhold Waller hatte noch etliche mehr von Schilderungen dieser Art zusammengetragen, die für ihn nur einen Schluss zuließen, nämlich dass es sich bei dem Mann, der vierzehn Tage lang in das Geschehen der Kleinstadt und ihrer Umgebung eingegriffen hatte, um ein und dieselbe Person handeln musste. Waller war der festen Überzeugung, wie er später in seinem *Wahrhaftigen Bericht über einige Vorkommnisse im April und im Mai* schrieb, dass es seine vorrangigste und vornehmste Aufgabe wäre, diese zu identifizieren, aus dem Unbekannten, Unerkannten einen Erkannten und in der Folge davon Bekannten zu machen. Eine Person wie diese, schrieb Waller im *Wahrhaftigen Bericht,* durfte nicht einfach in der Anonymität untergehen und in der Vergessenheit wieder verdampfen. Eine wie sie gehöre, auch wenn es vielleicht das Letzte war, was sie beabsichtigte und wonach es ihr verlangte, auf ein Podest gestellt, wo doch auf unseren Podesten, so Waller in seiner freimütigen Art, sich sogenannte Persönlichkeiten drängelten, die mit dem alten Diogenesspruch, sie mögen einem gefälligst aus der Sonne gehen, noch gut bedacht wären.

Natürlich drängte sich nun die Frage auf, wo der Unbekannte während seines Wirkens in der Kleinstadt genächtigt hatte. Die Hotels, Zimmer vermietenden Gasthäuser und Pensionen in der Kleinstadt und deren Umgebung waren schnell überprüft. Für einen wie Waller war es kein Problem, Einblick gewährt zu bekommen in die Verzeichnisse von Buchungen und Belegungen. In Zweifelsfällen, jedes Mal pochte in Waller die Hoffnung, eine heiße Fährte entdeckt zu haben, an deren Ende der Gesuchte sich offenbaren würde, bis hinauf in den Hals, wurden das Personal inquiriert und Anrufe getätigt. Jedes Mal war die Hoffnung eine enttäuschte.

Blieb die Möglichkeit, dass der Fremde privat untergekommen war. Erneut warf Waller sein Netz aus, bedrängte Amts- und Funktionsträger der Kleinstadt, sprach von *höchster Priorität* in einer für die Kleinstadt nicht unerheblichen Angelegenheit. Die Rückmeldungen füllten diesmal nicht mehr als ein handlanges Blatt Papier, auf dem nach und nach die Namen mit immer unwilligerem Kugelschreibereinsatz durchgestrichen wurden. Bis ganz unten auf dem Blatt der von Johanna Furtmayr stehen blieb, Witwe von Verwaltungsrat Furtmayr, der vor Jahren im Ortsteil Sulzbach ein, wie die Nachbarn sich mokierten, viel zu großtuerisches, auf unangenehme Weise die Ellbogen spreizendes Haus hingestellt und den, kaum war der letzte, zum Gartenzaun gehörige Steinpfeiler einbetoniert, der Schlag getroffen hatte. In der zum Haus gehörigen Einliegerwohnung soll, wie die Nachbarn sich erinnerten, vor nicht allzu langer Zeit, hinein-, hinausgehend, ein Unbekannter gesehen worden sein.

Waller wurde vorstellig. Waller wurde, so jedenfalls seine feste Überzeugung, fündig. Bei einer Tasse Hibiskustee bestätigte ihm Frau Furtmayr, jawohl, in der Wohnung ihres Sohnes Korbinian hätte kürzlich, für vierzehn Tage ungefähr, ein Herr gehaust. Zwei-, dreimal nur sei sie ihm begegnet, ganz früh am Morgen einmal bei noch tiefstehender Sonne, einmal am Abend, als es schon recht dämmrig war, weshalb ihr Sachdienliches zu seiner Erscheinung nicht mehr einfallen wollte, schemenhaft sei er ihr vorgekommen, in Umrissen mehr zu erahnen als in seiner Körperlichkeit zu erkennen. Aber die Hand habe er ihr gegeben, ein angenehmer warmer, nicht feuchter, fester Händedruck, ein aufrichtiger Händedruck sei es gewesen, erinnerte sich Frau Furtmayr, einer der einem *Keine Angst* und *Alles in Ordnung* signalisiere. Und vorgestellt habe er sich selbstverständlich, habe sie doch gleich den Eindruck gehabt, es mit einem höflichen Menschen zu tun zu haben. Fürbringer, so habe er geheißen, Fortburger oder so ähnlich. Aber nein, mehr sei ihr leider nicht im Gedächtnis geblieben. Für weitere Auskünfte müsste Waller sich an den Korbinian wenden, der sich seit einem Jahr und für ein weiteres auf Auslandsstudium in Padua befinde und von dort aus seine Wohnung hin und wieder untervermiete.

Mit Korbinian Furtmayr begann Waller noch am selben Tag, die Kommunikation kennt heutzutage keine Grenzen mehr, keine Felsstürze, die ein Passieren unmöglich machen, keine Postpferde, die verschnaufen müssen und keine Boten, die des Würfelspiels wegen ihren Nachrichtendienst hintanstellen, eine E-Mail-Korrespondenz. Es habe seine Richtigkeit mit dem, was seine Mutter berichtet habe, er sei in der verwirrenden, weil nicht zu überschauenden digitalen Welt des Internet auf einer Plattform registriert, auf der Privatzimmer in der analogen, der wirklichen, nicht weniger verwirrenden Welt vermittelt werden. Ja, er habe, wie er es hin und wieder tue, um sein spärliches Studentensalär aufzubessern, seine Wohnung zu Hause vermietet. Leider interessieren sich nicht allzu viele für unsere heimische Kleinstadt, ließ er Waller wissen. Der Letzte der wenigen Interessenten habe Vorbringer oder Vossbiggler geheißen und habe aus Melbourne, Australien oder Mendoza, Argentinien, gestammt, ein Nachkömmling deutscher Einwanderer oder Auswanderer, je nach Standpunkt und Sichtweise. Aber an Genaueres, schrieb Furtmayr, der Jüngere, könne er sich seltsamerweise nicht mehr erinnern, und nachzusehen, nachzuforschen in seinem E-Mail-Verkehr sei unmöglich, weil er diesen vor einer Woche gelöscht habe. Die Zahlung für die Wohnung sei über eine internationale Kreditkartenfirma erfolgt, was keinen

Rückschluss darüber erlaube, woher das Geld geflossen sei. Aber warum eigentlich einer wie Waller mit einer seinen Zeilen zu entnehmenden Dringlichkeit nachfrage, sei doch die gesamte Transaktion vollkommen reibungslos über die Bühne gegangen? Er, Furtmayr, hätte bei seinem Mieter nur das beste Gefühl gehabt, ein Gefühl, das offenbar, wenn er seiner Mutter Glauben schenken dürfe, nicht trügerisch gewesen sei.

Waller musste sich eingestehen, und einer wie er tat sich schwer, dergleichen einzugestehen, dass all die Informationen, die er meinte aufgestaut zu haben, im Sande verliefen. Im Kopf klapperte ihm noch, wie ein Kiesel in einem leeren Kupferkessel, die Idee, nach Aufnahmen zu suchen, die den Fremden zeigen. Die selbst in einer kleinen Stadt wie der Kleinstadt inzwischen angefertigten Überwachungsvideos von öffentlichen Einrichtungen und Plätzen sollten gesichtet und ausgewertet, nach privaten Fotos der oben geschilderten Vorkommnisse, von Festen und Veranstaltungen, die der Fremde womöglich besucht hatte, müsste gefahndet werden. Aber was, fragte sich ein mit einem Mal entmutigter Reinhold Waller, würde das bringen? Beweisen könnte es, dass er wirklich anwesend war, der Fremde, leibhaftig und nicht nur einer hitzigen Fantasie entsprungen. Das immerhin. Aber sonst?

Zu Wallers Überraschung bekam er von ein paar wenigen der vielen, denen er in den zurückliegenden Wochen mit seinem Anliegen auf die Nerven gefallen war, tatsächlich einige Aufnahmen zugespielt. Eine stammte vom Mariensäulenvorfall und fing eine sich wegdrehende Schulter ein, von der es hieß, die müsste zum Gesuchten gehören. Eine wurde am Golfplatz von Hausen aufgenommen und ließ hinter einem Golfwägelchen einen Schatten erkennen, der mit einigem Gutwillen menschliche Konturen aufwies. Gleich mehrere waren auf der Frühjahrsdult der Kleinstadt geschossen worden und zeigten im Hintergrund von Eis essenden Kindern oder einen Staubsaugeraufsatz prüfenden Hausfrauen eine Gestalt, die sich, immer bewegungsunscharf, gerade bückt, hinter einem Transparent verschwindet oder mit der eine Fliege verscheuchenden Mütze das eigene Gesicht verdeckt.

Einige der Aufnahmen, in Ausschnitten vergrößert, hat Waller sogar in seinen *Wahrhaftigen Bericht* aufgenommen, der ein Vierteljahr später als zweiundzwanzigster Band innerhalb der *Heimatkundlichen Schriftenreihe des Landkreises* erschienen ist. Gegen Ende seiner Abhandlung unkt Waller: Wir erinnern den Stadtbrand im Jahr dreizehn-achtundachtzig, das Wüten der Pest sechzehn-zweiunddreißig, die Plünderung durch österreichische Truppen siebzehn-fünfundvierzig, aber den Unbekannten von gerade eben werden wir vergessen. Weshalb unser Schwung ein unzureichender bleiben wird. Weshalb es wieder Grind und Krampf geben wird in unserer schönen Kleinstadt, Unflat und ein verweigertes Winken, zerquetschte Füße und vom Leib getrennte Köpfe.

Wie es scheint, sollte Waller Recht behalten, denn so schlecht wie den *Wahrhaftigen Bericht über einige Vorkommnisse im April und im Mai* hatte sich bislang noch keine Publikation aus der *Heimatkundlichen Schriftenreihe* verkauft.

Vita Peter Zemla

Geboren 1964 in Bamberg ist Peter Zemla auch laut Selbstbezeichnung mithin ein Boomer und unter den zehn ersten StipendiatInnen ist dies auch ein Alleinstellungsmerkmal, eine Auffälligkeit eines Schreibenden, der, so sagt er, als ein „Exemplarist in Unauffälligkeit" sonst nicht aufgefallen ist. Er studierte Germanistik und Philosophie in Erlangen, danach absolvierte er eine Ausbildung zum Journalisten. Seit 2017 konzentriert er sich auf seine schriftstellerische Tätigkeit, trug Prosa und Lyrik in Zeitschriften und Anthologien bei. Sein Hörspiel „Mein Bruder" wurde 2017 vom Bayerischen Rundfunk produziert und ausgestrahlt.

Der Aufenthalt im Flaschlturm und die damit einhergehende Ungestörtheit wirkte sich positiv auf seine Produktivität aus, einige Gedichte entstanden und mit seinem Roman „Die Hinrichtung", an dem er damals schrieb, ging es ein gutes Stück voran.

Auch nach seinem Lutz-Stipendium in Pfaffenhofen konnte er vereinzelt veröffentlichen, seine Texte fanden allerdings wenig Resonanz, Peter Zemla schreibt dies seiner eigenwilligen Unungepusstheit zu, sein Schreiben entspräche weder inhaltlich noch formell der auf den Schreibschulen heute vorgegebenen Doktrin.

Nachdem 2023 der Erfurter Verlag kulja! publishing Peter Zemlas Lyrikband „Letzte Balladen" gedruckt hat, erschien nun letztlich sein Roman „Die Hinrichtung" im Juli 2024. Einige der Kapitel entstanden in Pfaffenhofen, wir dürfen uns freuen auf das „Totentanzkapitel", das „Pornokapitel" und nicht zuletzt auf das Kapitel, das nur aus einem sechsseitigen Satz besteht.

Er wendet seinen rotumränderten Blick nach der anderen Seite des Platzes. Und das lohnt sich in diesem Fall, denn grad um die Ecke beim Bäcker Schweinslechner biegt die Tochter vom Lederer Kramer, das Kramer Vikerl. Das ist ein dralles Mädel, so um die Mitte zwanzig herum mit einem Kirschengesicht, einer frechen Stupsnase darin und ansonsten Rundungen da, wo sie halt am Platze sind. Es trägt gerade einen Korb und schlendert mit dem molligen Arm in der Luft herum, wie es auf die Bürger zukommt. Den Kopf hält es etwas gesenkt, daß sein derber Nacken sichtbar wird. Der volle Busen hüpft beim Gehen unter der Bluse hin und her, wie zwei Ferkel in einem Sack.

Das gefällt Huber.

(S. 17–18)

Laura Anton
Kein Zwischenfall (2019)

Sehr geehrte Damen und Herren, es tut mir aufrichtig leid Ihnen mitteilen zu müssen, dass ich heute Abend nicht wie vereinbart einen „Zwischenfall" vorstellen werde. Der vorliegende Text ist meine ausführliche Rechtfertigung hierfür und richtet sich als eine Entschuldigung an die Menschen, die mir meinen Aufenthalt hier ermöglicht und so einmalig gestaltet haben.

Zu Beginn meiner Beschäftigung mit dem Thema „Zwischenfall" suchte ich zuerst nach einer begrifflichen Definition. Laut Duden ist ein Zwischenfall ein Determinativkompositum aus der Präposition **zwischen** und dem Substantiv **Fall**. Dabei handelt es sich um ein unerwartet eintretendes, häufig unangenehm berührendes, peinliches Vorkommnis, das den Ablauf der Ereignisse unterbricht. Der erste Beispielsatz lautet: *[1] Entschuldigung, dass ich zu spät bin, es gab einen Zwischenfall. Jaja, ich weiß, ich hab' mein Bein verloren.*

Wobei wir schon bei der ersten Schwierigkeit angekommen sind: Es ist schwer, einen Ablauf der Ereignisse zu unterbrechen, wenn weder Ablauf noch Ereignisse erwartet werden, mit Ausnahme des Ereignisses eines Zwischenfalls – insofern wäre der Zwischenfall eines erwarteten Zwischenfalls, dass es zu keinem kommt.

„Nicht müde werden, sondern dem Wunder leise, wie einem Vogel, die Hand hinhalten." So, wie es Hilde Domin ausdrückt, würde ich auch gerne auf das Wunder eines Zwischenfalls warten. Auf dem Markt, beim Arzt, im Café, im Gemüseladen, bei der seltenen Gelegenheit an einer Ampel zu warten, höre ich immer genau zu – wird da vielleicht gerade etwas erzählt? Sickert irgendwo die düstere, überpflasterte Wahrheit über Pfaffenhofen hindurch, gibt es nicht doch irgendwo eine Naziknepe oder zumindest eine Kirche der Piusbruderschaft? Hexenverbrennung unter dem Maibaum, ein Mistgabellynchmob, brennende Asylheime, ein Weißwurscht-Gammelfleischskandal, ein Reichsbürgerviertel oder im Keller der Hauskirche heimlich durchgeführter Exorzismus?

Nein, das Klischee der bayerischen Kleinstadt bestätigt sich mir auf den ersten Blick nicht. Gut für Pfaffenhofen, frustrierend für meinen Text. Es bietet sich nichts an, fast schon erhoffe ich mir eine Schlagzeile, wenn ich an dem im Schaufenster ausgehängten Pfaffenhofener Kurier eine kleine Menschenansammlung sehe und finde doch nur mäßig Schockierendes, viel Kurioses und nichts, das nach einem ausschlachtbaren Zwischenfall klingt.

Meine Suche nach einem Thema für diesen Text brachte mich in Situationen und an Orte, die zusammen das Bild einer oberbayrischen Kleinstadt im Sommer ergeben. *Eine oberbayrische Kleinstadt im Sommer* – allein diese Formulierung macht es schwer, an einen Zwischenfall zu glauben.

Friseure, Apotheken und Gärten

Der Friseur, bei dem ich in meiner letzten Woche war, erklärte mir, dass in diesem Salon früher eine Post gewesen sei, in der schon Goethe war, als er auf dem Weg nach Italien Pfaffenhofen passierte. Goethe, bekanntermaßen eigentlich sonst nicht wortkarg, notierte in sein Reisetagebuch nur: *Pfaffenhofen, 10 Uhr.*

„Ich weiß nicht, ob es früher schon so richtige Toiletten gab", meinte der Friseur, „aber Goethe war hier sicherlich drin, hat ein Getränk zu sich genommen und danach die Pissrinne benutzt."

Es gibt hier 54 Friseursalons. Das heißt, 443,9 Pfaffenhofenerinnen und Pfaffenhofener für jedes Geschäft. Angenommen man geht zwei Mal im Jahr zum Friseur, bleiben 887,8 Termine, die sich auf circa 235 Tage verteilen, an denen ein Geschäft offen hat (abzüglich Wochenende, Feiertage und Betriebsferien). Bleiben 3,7 Termine pro Tag.

Der Friseur, bei dem ich war, erklärte mir neben der korrekten Aussprache von Heugeigen (*haigaing*), wann man Pfiati, Servus oder Tschau sagt und niemals Tschüß. Außerdem hätte ich als Laufkundschaft heute ein Riesenglück gehabt: normalerweise seien sie bei fünf Angestellten eine Woche im Voraus ausgebucht.

Bei meiner Rechnung verstehe ich nicht, wie die Wirtschaft der Friseure hier funktioniert. Möglicherweise ein Indiz auf Geldwäscherei in den Hinterzimmern oder Handel auf dem Schwarzmarkt mit Echthaarperücken?

So ähnlich könnte man bei der Menge der Apotheken illegale Drogensynthesen vermuten oder den Pfaffenhofener*innen ein schwaches Immunsystem unterstellen, möglicherweise wegen einer geheim gehaltenen Panne des Kernkraftwerks Isar oder aufgrund von Schwermetall im Trinkwasser, da bei der Verlegung der Wasserleitungen Geld für den neuen Bürgerpark abgezweigt wurde – wäre ja möglich.

Ähnlich ratlos machen mich die Öffnungszeiten hier. In Freiburg öffnen Geschäfte vormittags und schließen abends an jedem Wochentag, außer am Sonntag, zur gleichen Zeit. Hier gibt es nicht nur Mittagspause, sondern mittwochs und freitags andere Öffnungszeiten als am Dienstag oder Donnerstag, Montag ist Ruhetag und Samstag nur zwischen acht und vierzehn Uhr geöffnet. Wenn in Berlin abends die Spätis erst beginnen, den Hauptumsatz des Tages zu machen, wird hier die letzte Runde angekündigt und demonstrativ Kassensturz am Tresen gemacht.

Es ist Samstagabend, die Großstädte fahren die Gehsteige aus und ich höre das Besteckklirren aus der Centro bis in den Turm, in der WG gegenüber läuft Techno und es ist die Eröffnung des Kultursommers.

Ich bin auf dem Weg zum „get together" nach der Eröffnung. Ein „get together" ist eine Party, die nicht die Ansprüche an sich erheben will, eine Party zu sein und trotzdem ist allen klar, dass es eine werden wird. Die bescheidene Beschreibung „das gelbe Haus nach der Baustelle, gleich über der Physiotherapiepraxis" lässt nicht auf die Villa schließen, in der ich später stehe und meinen Kopf für die hohen Decken, großen Gemälde und Bücherstapel in den Nacken legen muss. Ich hoffe auf einen Zwischenfall und finde nur Kapern auf dem Boden, kein Weinglas geht zu Bruch und ich unterhalte mich über Schimmelkäse und Kunst.

Ich beginne investigativ zu arbeiten und hake nach, wenn eine Geschichte als „zu lang" abgewunken wird und versuche es mit Provokation, indem ich in Gesprächen betont gleichmütig behaupte: „in Pfaffenhofen passiert anscheinend nicht so viel".

Bei der Auflösung des „get togethers" weiß ich immerhin, dass die Sache mit der anstehenden Bürgermeisterwahl zwar ein Fall für sich sei, aber noch nicht „zwischen" etwas gefallen, obwohl man durchaus beunruhigt ist, dass die CSU sich wieder zurück auf den Rathausthron setzen könnte und keine Lust mehr auf Kunst oder Falafel hat.

Das Traditionszelt

Als ich mit dem Zug von Berlin nach Pfaffenhofen fuhr und die ersten Hopfengärten sah, die mich an übergroße, vergessene und mit der Zeit überwucherte Wäscheständer erinnern, wusste ich, dass es jetzt nicht mehr lange dauern konnte.

In der ersten Woche in Pfaffenhofen regnete es unablässig und es gab keine Veranstaltungen außer dem Wochenmarkt oder dem Gottesdienst und ich sah mich drei Monate isoliert und uninspiriert im Turm sitzen. Von außen wäre nur zu erahnen, dass jemand darin lebte, wenn sich ein Vorhang bauschte oder ich meine Mülltonnen zurückklaute. Also beschloss ich, mich dem Lauftreff anzuschließen.

Mindestens zwanzig Menschen versammeln sich also in rotem Trikot dienstags beim Tierheim und donnerstags beim Trimm-Dich-Pfad, um in Gruppen aufgeteilt durch den Wald zu laufen. In den ersten zehn Minuten wird noch geredet, da hat jeder noch ein wenig Atem übrig und von dem, was ich trotz Sauerstoffknappheit und Bayrisch verstanden habe, dreht sich einiges um Veranstaltungen wie Taufen, Firmungen, Fischerfeste oder Radltouren zu Biergärten.

Ich habe dort auch gelernt, was die Hallertau ist und dass man hier „Holledau" sagt. Die Holledau ist das größte Hopfenanbaugebiet in ganz Bayern, erklärte die neben mir herjoggende Frau. „In ganz Deutschland", rief jemand von hinten. „Auf der ganzen Welt", ergänzte unser Gruppenleiter stolz, „und dann sitzen die Amerikaner vor einer Flasche Bier, auf der ‚Holledau' steht."

„Auf der ganzen Welt also", sagte die Frau neben mir, trotz der Steigung ohne zu keuchen, „aber gegen Ende wollen sie auch mal fertig werden mit Ernten und dann gibt es in der Frühe ein ganz lautes Wecksignal für die Arbeiter, sodass die ganzen Pfaffenhofener, die in Hopfennähe leben, fast aus dem Bett fallen."

Auch berüchtigt seien Reste des Maschendrahtes, an dem der Hopfen entlangwächst, auf der Straße und an denen man sich die Reifen kaputtfahre.

Bier scheint nicht nur deshalb kein einfaches Thema zu sein. Als Bier- und Volksfestunkundige habe ich versucht zu verstehen, wie diese Herzensangelegenheit Bayerns funktioniert, und glaube, drei Monate sind für dieses Thema ein zu knapp bemessener Zeitraum.

Zur Volksfestzeit darf also eine Dynastie das große Festzelt organisieren, eine andere das kleine. Die Brauereien sollen örtliche sein, deshalb sind Müllerbräu und Urbanus abwechselnd im großen Zelt. Allerdings sollen auch nur ortsansässige Brauereien ihr Bier verkaufen dürfen und da Urbanus jetzt aufgekauft wurde und nun in Freising braut, scheint mit dieser Tradition gebrochen werden zu müssen. Genauso wie im neu eingeführten Traditionszelt Scheyrer Bier verkauft wurde und ab diesem Jahr nur noch zertifizierte Hähnchen verkauft und keine Plastikgabeln mehr herausgegeben werden dürfen. Die Tradition aktualisiert sich: aber mei, passt.

Fleisch

Auch wenn ich sehr dankbar bin für die Möglichkeit, drei Monate zu Lutz' Ehren im Flaschlturm leben und schreiben zu können, muss ich an dieser Stelle nun leider die Rolle der zugereisten, großstädterischen Dichterin einnehmen, die versucht Pfaffenhofen aus der Außenperspektive kennenzulernen und die den erhobenen Zeigefinger auf eine Wunde legt, die augenscheinlich für niemanden eine ist. Als Zuazogne hatte ich nicht viel Bezug zu dem lokalen Literaturgut von Lutz, nach welchem auch eine Schule und Straße benannt sind, und trotzdem tut es mir nun ein wenig leid, sein Werk als Anlass zum Granteln zu nehmen: Selbstverständlich ist Lutz' Zwischenfall eingebettet in damalige Gegebenheiten, Ansichten und Bräuche einzuordnen, allerdings habe ich beim Lesen häufig ein Kopfschütteln oder entnervtes Seufzen nicht unterdrücken können: Egal wie fortschrittlich Lutz' in Humor verpackte Sicht auf das Dorftölpel- und Beamtentum auch ist, kann man nur Mitleid mit den insgesamt sogar zwei Frauen haben, die in dieser Geschichte mit Namen genannt werden und ein paar Sätze zu sagen haben.

Der exzentrische, kultivierte Dichter aus der Stadt bringt der unverstandenen Metzgerstochter die Lyrik nahe, zeigt ihr, wie man die eigene Empfindsamkeit in Worte fassen kann und nimmt ihr diese schwere Bürde, die eigenen Gedanken zu formulieren, ab.

Ihr sehr ekliger Metzgersvater schmeißt sich an Vikerl ran, die nur aus Brüsten und Naivität besteht. Er nimmt sich ihrer an, aus Solidarität mit ihrer Jungfräulichkeit und ihrem üppigen Busen. Auch wenn sie sich anfangs noch ziert und nicht auf seinem Schoß sitzen will, hat er sie schon bald von ihrer Prüderie befreit und sie gibt sich endlich dem hin, was sie insgeheim bestimmt wollte.

Der Mann, der die arme Frau aus dem Dorf rettet, dank seiner dichterischen Begabung oder seinen Wurstwaren, ist mir leider etwas sauer aufgestoßen. Aber wer weiß – vielleicht war Lutz ein verkannter Feminist, der die in der Provinz zu seiner Zeit fest verankerten Vorstellungen von Fleisch und Besitz durch sein Schreiben entblößt?

Pfaffenhofen erscheint mir sehr fortschrittlich und ich konnte Ähnliches in meiner Zeit hier nicht beobachten. In einem Punkt jedoch hinkt man hier, oder besser gesagt in den allermeisten deutschsprachigen Kleinstädten, noch etwas hinterher. In meinen drei Monaten hier war ich fast ausschließlich einer der Kunden, Stipendiaten, Besucher, Bewohner, Dichter oder Pfaffenhofener. Ich kann verstehen, wenn geschlechtergerechte Formulierungen als holprig, umständlich und überflüssig empfunden werden, außerdem seien die Frauen* ja eh alle mitgemeint. Genauso wie sich der Metzger bestimmt auch in die inneren Werte hinter den Brüsten verliebt hat.

Meine Beschäftigung mit der Sprache hört nicht bei diesem Thema auf und deshalb ist mir klar, wie sehr Sprache Denken formt. Wenn wir also anfangen würden, inklusive und gleichberechtigte Formulierungen zu verwenden,

123

werden wir vielleicht auch irgendwann so denken. Als dreimonatiger literarischer Spiegel und als zweite weibliche Lutz-Stipendiatin (und somit Anlass
in Zukunft „Lutz-Stipendiaten und Lutz-Stipendiatinnen" zu sagen) und
auch, da ich die meiste Zeit in Großstädten und Blasen verbringe, in denen
zumindest jeder Mensch, der oder die in der Öffentlichkeit spricht, sich um
eine geschlechtergerechte Formulierung bemüht, fühle ich mich auch auf
dieser Lesung dazu berufen, dieses Thema zumindest einmal im Rathaus der
lebenswertesten Kleinstadt der Welt, die ja auch eine Art Vorbildfunktion
hat, erwähnt zu haben. Aber das kann ja noch kommen. München ist nur
zweiundzwanzig Minuten mit dem RE entfernt und da gibt es zumindest den
Christopher-Street-Day.

Durchs Küchenfenster

Gärten scheinen in Pfaffenhofen eine spezielle Rolle zu haben. Ich glaube,
sie sind vor allem dazu da, von Vorbeigehenden gesehen zu werden. Mir wurde gesagt, der Garten müsse immer im Garten bleiben. Nichts dürfe hinaus-
wuchern, sonst würde ich einen Brief von der Stadt bekommen, da die Fahr-
zeuge der Müllabfuhr zerkratzt werden könnten. Eines Morgens sah ich aus
meinem Küchenfenster, wie eine ältere Dame stehen blieb und wie es schien,
jede Blume einzeln beäugte. Sie ging etwas weiter, blieb wieder stehen und
pflückte sich durch den Zaun hindurch Pfefferminze ab, die sie sorgfältig an
ihrem Rollator befestigte. Es war im Juni, die Rosen grellpink und die Minze
fast schon synthetisch lila, außerdem sah man die Beete vor lauter Pflanzen,
die in alle Richtungen ausbrachen, nicht mehr. Der Garten war um diese Zeit
am schönsten.

Das Küchenfenster warf für mich immer die Frage auf, wer hier wen beob-
achtet: Pfaffenhofen mich oder ich Pfaffenhofen.

Dass ich die Rolle des Protagonisten und Dichters Bruno in Lutz' „Zwischenfall" einnehme, der in der Kleindlfinger Dorfgemeinde nicht nur ein
„Zugereister" ist, sondern auch ein Spiegel, setzte voraus, dass ich anecken
oder dass das zumindest von mir erwartet würde.

Nicht selten erkundigte man sich besorgt bei mir, wie es mir denn in Pfaffenhofen gefalle oder wie ich mich im Flaschlturm eingelebt habe. Ich antwortete immer etwas mit „gut" und erzähle von dem Garten, in dem ich mich ein wenig wie ein Tier im Zoo fühlte.

Trotzdem scheinen einige noch das „Aber" zu erwarten und dann, dass es mir schon manchmal schwerfalle oder dass die Isolation mir zusetze oder dass mich dieses Kaff zu Tode langweile, ich meine, so mit zwanzig nach dem Abitur in einem Turm in Pfaffenhofen zu leben

– kann man das denn wollen? Ja, das kann man und nein, mir wurde trotz ausbleibenden Zwischenfalls nie oder selten langweilig.

Anfang Juli schienen die Lehrerinnen und Lehrer einen Kompromiss aus Ausflug und Unterricht finden zu wollen und unternahmen Stadtführungen durch Pfaffenhofen. Auch der Flaschlturm war beliebter Zwischenstopp, vormittags hörte ich also ab und zu eine Schulklasse und erhobene Erwachsenenstimmen. Selten wurde wirklich etwas erzählt, das auch stimmt. Ich habe schon alles Mögliche gehört: dass in diesem Turm der Schriftsteller Lutz lebt, dass mehrfach im Jahr da verschiedene Dichter drin leben, die sich alle abwechseln oder auch, dass da jetzt jemand für ein Jahr drin lebe und Gedichte über Joseph Maria Lutz schreibe. Einmal kam ich gerade vom Einkaufen zurück, schob mein Fahrrad vorsichtig durch die Schüler*innenschar und wurde vom Lehrer, der gerade vom Flaschlturm erzählte, mit den Worten „gehen Sie einfach durch" weitergelotst.

„Ich muss da aber rein", meinte ich freundlich und deutete auf das Gartentor. Ein paar Schüler*innen lachten, der Lehrer schien aus dem Konzept gebracht worden zu sein. „Oh ja, Sie sind privilegiert, Sie dürfen das", sagte er und ich weiß bis heute nicht, wie er das gemeint hat, nur, dass er damit auf eine Art sehr richtig liegt.

In meiner letzten Woche gab es täglich mindestens zwei Gruppen, die sich im Schatten des Durchgangs anhörten, was der Flaschlturm sei und wer darin lebe.

Eine Lehrerin wusste sehr gut Bescheid. Sie erklärte einer Grundschulklasse langsam und deutlich, dass hier früher ein Stadttor gewesen sei und heute

Dichter darin leben können. „Was ist ein Dichter?", fragte ein Kind und die Lehrerin erklärte: „Ein Dichter schreibt Gedichte."

Und einmal saß ich in der Küche, das Fenster gekippt und hörte, wie eine andere Stadtführerin erklärte, man könne sich hier anmelden, wenn man Ruhe zum Schreiben brauche und könne dann kostenlos darin wohnen. Gerade lebe eine junge Frau darin, wenn sie mal in die Küche schauen ... außerdem bekomme man 800 Euro im Monat. Für Hotelgäste koste die Unterkunft 150 Euro pro Nacht. Für die berufstätigen Wochenendausflügler, die ungläubig und stirnrunzelnd in die Küche schauten, war die schmarotzende Geschichtenschreiberin am Küchentisch sehr gut erkennbar, die die Touristengruppe stoisch müslikauend gekonnt ignorierte.

Auch als ich zwei Wochen nicht zum Lauftreff erschien, meinte jemand, dass ich wahrscheinlich in meinem Turm sitzend und schreibend die Welt um mich vergessen hätte.

Dabei passiert es mir selten bis gar nicht, dass ich die Welt vergesse, denn worüber sollte ich sonst schreiben.

Es ist also nicht nur so, dass ich versuche, Pfaffenhofen zu begreifen und zu beschreiben, sondern dass das auch andersherum gilt.

Passt.

Auf meine erste selbstorganisierte Lesung in Pfaffenhofen und überhaupt, reagierten die meisten sehr ähnlich: wohlwollendes Interesse, aber eine vage Zurückhaltung mit der eigenen Zusage.

Auch wurde ich einige Male vorgewarnt: Literaturveranstaltungen funktionierten hier einfach nicht besonders gut. So hatte ich dann bis zum Tag vor der Lesung ganz Pfaffenhofen informiert, über Radio, Zeitungen, Aushänge, Flyer und im Internet – doch schlussendlich konnte ich nur drei Pfaffenhofener exklusive persönlich von mir Verpflichtete dazu motivieren, tatsächlich zu kommen.

Später wurde mir bestätigt, dass dahinter eine Grundhaltung zu erkennen sei, ob nur im Landkreis Pfaffenhofen, in Oberbayern oder in ganz Bayern, weiß ich nicht.

Diese Grundhaltung lautet: „ja mei, passt". Dazu ein einseitiges Achselzucken und eine Bewegung aus dem Handgelenk, als würde man einen kleinen Gegenstand über die eigene Schulter hinter sich werfen.

Eigentlich wollte man ja zu dieser Lesung, aber es soll laut Wetterbericht regnen, also mei.

Das Pfaffenhofener Nachtleben? Ein Club namens Heimatliebe. Um 22 Uhr machen die einzigen annehmbaren Bars zu oder man wird nach drinnen versetzt, die Künstlerwerkstatt ist dicht – aber ja mei, passt.

Es ist eine Art Genügsamkeit mit dem Status quo, der zwar nicht ideal ist, aber auch nicht so, dass man darunter leiden müsste.

In einem Gespräch, das ich ganz am Anfang meiner Zeit hier geführt habe, meinte jemand, dass es Pfaffenhofen nie wirklich schlecht gegangen sei. Dank Hipp ist die Stadt mit guten Steinen gepflastert, es gibt eine Großstadt einen halbstündigen Steinwurf weit weg und hier sind die Wohnungen gerade noch günstiger als dort. Also warum was verändern, es passt ja. Und zur Not ist es eben „wurscht".

Letztendlich war das Schönste an dem Abend der Lesung eigentlich nicht die Veranstaltung an sich, sondern anschließend sechs Literaturverwobene oder in sie Hineinverstrickte bei Pizza und Wein über Sisyphos fachsimpelnd in der Küche des Flaschlturms versammelt zu haben, während draußen eines der seltenen Unwetter ans Fenster peitschte – alles wegen und dank Lutz. Und auch ein bisschen für ihn, auch wenn wir uns beide nicht kennen und das auch nie werden.

Heimatliebe

Man hat mir gesagt, dass ich in Pfaffenhofen nur als Fremde auffallen würde, wenn ich andere Leute siezte. Siezen würde man nur Ärzte und Pfarrer, also die, die sich vor dem Tod um einen kümmern und die, die es danach tun.

Ein Freund aus Paderborn, der mich für einige Tage hier besuchte, meinte, dass man an keinem anderen Ort so stolz auf das eigene Bundesland sei wie in Bayern. „Niemand in NRW käme auf die Idee, sich die NRW-Fahne in den Garten zu stellen. Wahrscheinlich wissen die meisten nicht einmal, wie die aussieht."

Und hier in Bayern sind die Tischdecken und Servietten blau-weiß kariert, es gibt Bayern-Socken und -Krawatten, auf jeder Bierflasche und auf jedem Krug oder Humpen oder jeder Maß ist sie zu sehen. Warum ist das so? Das habe ich leider noch nicht herausgefunden. Aber der eigentlich auch sympathische Bayernstolz scheint an manchen Stellen doch so etwas wie eine zahme Miniaturausgabe eines in die Wiege gelegten oder angelernten Nationalstolzes in Deutschland zu sein, der sich nicht nur auf ein paar Deutschlandfahnen zur WM beschränken will. Manchmal komme ich mit anderen Zugezogenen ins Gespräch, die ich meistens daran erkenne, dass ich sie gut verstehe. Einige erzählten, sie hätten hier ihr ganzes Leben Sonderstatus, auch wenn sie am Dienstag und Samstag brav Weißwurscht zutzelten.

In Prospekten ist hier der Begriff „Heimat" das lockende Schlagwort schlechthin. In meinem Freundes- und Bekanntenkreis ist „Heimat" ein verstoßenes Wort: zu exklusiv, zu patriotisch, Nationalismus unter dem Deckmantel eines Pseudozugehörigkeitsgefühls, im Vorgarten ausgelebt.

Hier scheint die Heimat genauso selbstverständlich und unumstößlich zu sein wie der Maibaum auf dem Hauptplatz, gleichwohl mir erzählt wurde, dass es Tradition sei, einen solchen zu stehlen.

Und ja, es gibt dieses Heimatgefühl und in meinen drei Monaten hier habe ich auf zwei Ebenen einen neuen Bezug zu diesem Begriff bekommen: Einerseits denke ich an Freiburg, die Stadt, in der ich aufgewachsen bin, und weiß doch, dass Erinnerungen nur wie durch Milchglas betrachtet werden können. Nichts war wirklich so schön, wie es in der Rückschau erscheint, deshalb denke ich mit einer nostalgischen Wehmut an meine Heimat, die es so nie gegeben hat und erst durch die verstrichene Zeit zu dem wurde, als was sie mir jetzt erscheint. Deshalb ist dieses Heimatgefühl immer ein nostalgisch getrübtes. Vielleicht halten sich Menschen auch deshalb an Traditionen fest, die jedoch auch, erkennbar am Volksfest, von der Zeit überholt werden. Das zweite Gefühl von Heimat spüre ich hier manchmal, wenn ich nach einem viel zu heißen Sommertag spazieren gehe und aus den Weizenfeldern die erste feuchtkühle Abendluft aufsteigt, wenn die Straßen leiser werden und das Grillenzirpen lauter, wenn Insekten in der untergehenden Sonne angeleuchtet aussehen wie Schneeflocken. Dann ist das Heimatgefühl der Gedanke, gerade an genau diesem Ort und an keinem anderen sein zu wollen, auch wenn ich hier nicht hineingeboren bin, sondern „zuagreist" und diese Kleinstadt nur temporär Zuhause nennen kann.

Außerdem verstehe ich nicht – ist man hier stolz, in Pfaffenhofen zu leben? Oder in Oberbayern? Bayern? Aber dann Oberpfalz und Franken eingeschlossen? Stolz, in der Holledau zu leben? Oder doch in Deutschland?

Ich wünsche mir also, dass der Heimatbegriff nicht an Bedingungen, Rituale oder biografische Eckdaten geknüpft ist, sondern dass Heimat einfach für jede und jeden ein unzuverlässiges Gefühl von momentaner, wohliger Wunschlosigkeit an einem unbestimmten Ort sein darf und nicht benenn- oder erklärbar und schon gar nicht exklusiv sein muss.

Kein Zwischenfall

Tatsächlich habe ich das Gefühl, der Zwischenfall entgeht mir manchmal sehr knapp. Ich glaube, wenn man etwas unbedingt finden möchte, findet man vor allem Omen. So erkenne ich zwischen dem hier entdeckten Roman „Wenn wir Tiere wären" von Genazino und dem „Zwischenfall" von Lutz eindeutige Parallelen: die Geliebte des aneckenden und das Regelwerk durchbrechenden Protagonisten heißt Maria, genauso wie die Geliebte des von Lutz erfundenen und ebenso nonkonformen Dichters Bruno.

Auf den Roman von Genazino stoße ich in der Kreisbücherei und beim Blättern fällt auch noch omenhaft eine mit einer stilisierten Schneelandschaft und mit einem Zitat von Heinrich Fries bedruckte DIN A4-Seite heraus, einem römisch-katholischen Theologen, der 1998 in München verstorben ist. Das Zitat von Fries lautet:

„Licht bedeutet nicht, dass es keine Nacht mehr gibt, aber es bedeutet, dass die Nacht erhellt und überwunden werden kann."

Darunter Weihnachtsgrüße an Ursula.

Ein Zwischenfall war dieser Fund nicht, und auch war dieser Brief nicht Anlass für eine Art Schnitzeljagd durch die Bücher in der Kreisbücherei, um den Briefwechsel zu rekonstruieren. Auch meine Führerscheinprüfung begann eigentlich, genau wie dieser Fund in der Bücherei, wie ein vielversprechender Zwischenfall eingeleitet werden würde: mir wurde zweimal die Vorfahrt genommen und beim Überholen lenkte ich so abrupt aus dem Gegenverkehr, dass ich fast eine alte Dame überfahren hätte. Aber nein, auch hier ereignete sich kein Zwischenfall. Alles in Ordnung, ich hatte bestanden.

Ein weiteres unvorhergesehenes Ereignis erwartete mich an einem dunkel verregneten Tag, als ich erst abends zurückkam und die Tür des Flaschlturms sperrangelweit offenstand. Zuerst einmal war da natürlich die Angst vor einem bewaffneten Einbrecher, dann war da allerdings vor allem auch Erleichterung, endlich einen Zwischenfall zu haben, und ein Gefühl von fiebriger Neugier, das vermutlich alle Schreibenden kennen, die sich in sehr ungewöhnlichen und nicht einschätzbaren Situationen wiederfinden – danach kann man nämlich darüber schreiben.

Als ich für vier Tage in Berlin war und Sonntagabend übermüdet zurückkam, warf das Licht, das im Arbeitszimmer brannte, einen hellen Schacht auf das Kopfsteinpflaster. Ich erwartete fast, Silhouetten hinter den Fenstern umherhuschen zu sehen und beim Eintreten bildete ich mir ein, das Knarzen der Treppenstufen zu hören oder zumindest einen seltsamen Geruch in der Luft zu erahnen.

Aber ich hatte einfach das Licht beim Gehen nicht ausgeschaltet und auch zuvor wohl einfach vergessen, die Tür hinter mir zuzuziehen. Es tut mir also leid – leider ist auch dies eine Geschichte ohne Pointe.

Tatsächlich ereigneten sich in meiner letzten Woche doch einige Zwischenfälle, als dieser Text eigentlich schon ereignislos und überarbeitet bereit für die Lesung war.

Ein Zwischenfall passierte in Garmisch. Meine Mutter besuchte mich für einige Tage und wir wollten der Hitze auf die Zugspitze entfliehen. Abends an der Tankstelle begannen zwei Hunde sich anzufallen und wenige Minuten später auch ihre Besitzer. Ich werde diesen entschlossenen Schritt des einen nie vergessen, die Hand schon entschlossen zur Faust geballt und dann das Klatschen von Knöcheln und Wut auf dem Gesicht des anderen. Die Polizei wurde gerufen, der Mann stand rotverschmiert neben der Eistruhe und rief jemanden an, wobei das aus der Nase laufende Blut das Display fast unbedienbar machte. Der andere war auf dem Traktor weggetuckert, kopfschüttelnd mit seinem Hund den Zwischenfall rekapitulierend.

Am nächsten Tag, wieder in Pfaffenhofen angekommen, ging ich zur Abenddämmerung laufen. Die Hitze hatte sich verzogen und auf den Feldern roch es nach feuchtem Weizen und trockener Erde, ein Reh hob den Kopf und war schneller als ein Blinzeln im Wald verschwunden.

Unterdessen hatte sich meine Mutter aus dem Turm ausgesperrt, was mir in drei Monaten nur durch Zufall kein einziges Mal passiert ist. Sie angelte mit einem Stab durchs gekippte Fenster nach dem Schlüssel auf dem Fensterbrett, der daraufhin jedoch auf den Boden fiel.

Sie selbst kippte rückwärts vom Stuhl, knallte mit dem Hinterkopf auf Steinboden, die Wassermelone klatschte gleichzeitig innen auf den Boden und zerplatzte in der Küche – aber sie schaffte es irgendwann doch, das Fenster zu öffnen. Ich weiß nicht genau, wie, das ist so ein Mütter-Ding, glaube ich.

An meinem drittletzten Tag hier wurde das Fahrrad, das dem Flaschlturm freundlicherweise gestiftet wurde, geklaut. Nachdem ich die eigentlichen Besitzer zerknirscht darüber in Kenntnis setzte und mich durch die 36 Grad zur Polizeistation schleppte, um Anzeige zu erstatten, fiel mir ein, dass ich das Fahrrad am Bahnhof stehen gelassen hatte. Auch hier doch kein Zwischenfall also.

Da ich keine andere Jahreszeit hier erlebt habe, ist es für mich in Gedanken immer Sommer: vor der Centro sitzen in der Mittagspause und bevor der Schweiß so richtig trocken ist, schon wieder weiterarbeiten müssen, Fahrradkolonnen auf dem Weg zum Freibad, Ameisen und Pommes, die erste und letzte Kühle des Tages auf dem Hauptplatz beim zweiten Eis des Tages so genießen, wie man vor Monaten wahrscheinlich noch die Frühlingssonne getankt hat. Wenn die Sonne hinter dem Müllerbräu untergeht, werden die Schatten auf dem Hauptplatz blau und das Plätschern der Brunnen lauter. Das letzte Eis in der einen Hand, in der anderen eine andere Hand. Jungs oder junge Männer, männliche Jugendliche auf Fahrrädern mit Rahmen so dick wie Unterarme, zwischen Zuhause und Provinzverachtung, zwischen „eigentlich schon" und „aber", mit einem Bein auf dem Boden stützend und mit dem anderen das Pedal rückwärts tretend, vor- und zurückwippend. Auf den Bänken macht man tagsüber Verschnaufpausen, den Rollator neben sich geparkt oder den Gehstock zwischen die Knie geklemmt, aber am Abend wird dort mit durchgedrückten Fingern und unterdrücktem Husten geraucht.

Auf einer Fotografie sah ich einmal den Hauptplatz bei Schnee. Es sah für mich sehr unwirklich aus, wie eine Schwarzweiß-Fotografie in der Wohnung meiner Großeltern, als würde Winter zu einer Kriegsgeschichte gehören, die hier nur die wenigsten miterlebt haben.

Ich war nur etwas mehr als die Hälfte einer Hopfensaison hier. Das ist genug Zeit, um einen Ort kennenzulernen, aber zu wenig, um diesem Ort in einer Schilderung gerecht werden zu können.

Auch, wenn ich den Turm als Ausgangspunkt nehme, eine Sonderrolle im Zentrum der Stadt und die Möglichkeit der Draufsicht habe, bleibt Pfaffenhofen für mich in einer Nussschale. Dieser Text ist nicht mehr als eine etwas längere Postkarte aus dem Jahr 2019.

Vita Laura Anton

Laura Anton wurde 1999 in Freiburg im Breisgau geboren. Bereits vor ihrem Stipendium in Pfaffenhofen 2019 war sie Preisträgerin des lyrix-Wettbewerbs für junge Literatur, Stipendiatin beim Literaturlabor Wolfenbüttel und nominiert für den Theo-Preis, den berlin-brandenburgischen Preis für junge Literatur.

Am Aufenthalt in Pfaffenhofen schätzte Laura Anton vor allem die Möglichkeit, sich intensiv auf die Literatur zu konzentrieren, der Flaschlturm als Arbeitsraum erwies sich als idealer Ort hierfür.

2021 gewann sie den taz-Publikumspreis beim open mike des Haus für Poesie Berlin, sie war ehemals Mitveranstalterin der Lesereihe „sehr ernste" und Redaktionsmitglied der Literaturzeitschrift „Jenny #8", Teil des DJ- und Veranstaltungskollektivs „Great Date Experience".

Laura Anton studiert derzeit Sprachkunst in Wien und arbeitet an einem Romanprojekt, wobei sie den Stoff des Textes weiterverarbeitet, für den sie den besagten Preis beim open mike des Haus für Poesie Berlin erhalten hat. Dieser Text mit dem Titel „Holzhausen" inszeniert ähnlich wie Lutz' „Zwischenfall" das Leben in einer provinziellen Ortschaft.

GM '24

Will man ins Gastzimmer der Brauerei zum Bortenbichler gelangen, so muß man zuerst durch eine dunkle Toreinfahrt, die quer durchs ganze Haus geht, weil sie zugleich Zugang und Zufahrt zu den Ökonomiegebäuden, den Stallungen, sowie der Mälzerei und Brauerei bildet.

Diese Durchfahrt ist mit derben Holzplanken belegt, die durch die Hufe der Pferde und die Kufen der schweren Bierwagen stets etwas ausgefranst sind. Rechts und links, die Wand entlang, ziehen sich, etwas erhöht, schmale hölzerne Gehsteige hin, die an den Kanten schützende, schwere, eiserne Bänder tragen.

Diese Toreinfahrt zeichnet sich durch ein Gemengsel der verschiedenen Gerüche und Düfte aus, die hier, von allen möglichen Erzeugungsstätten ausgehend, friedlich zusammentreffen und übrigens stets eine typische Beigabe all dieser behäbigen Einfahrten zu Landbrauereien sind.

Da duften vor allem mit einer trockenen Staubigkeit die alten aufgesplitterten Holzplanken des Bodens. Dazu kommt, von der Mälzerei herüber, ein feuchtwarmer Malzgeruch, der zugleich von einem anderen, bitteren, etwas schwefeligen, der von der Hopfendarre herabströmt, leicht und angenehm untertönt wird, sodaß diese bedeutungsvolle Zweiheit schon die Luft dieser Vorhalle ahnungsvoll mit dem Maischdunst des Bieres füllt und dem Vorübergehenden, dem dies Rüchlein die Nase umstreicht, in Versuchung bringt, auch die fertige, kompaktere, richtig gefühlte und gelagerte, flüssige Mischung in mehr oder weniger großer Menge sich zuzuführen.

(S. 131–132)

Erik Wunderlich
Homo lupus (2020)

„Der Hopfen will täglich seinen Herrn sehen." Dieser über Jahrhunderte tradierte Bauernspruch weist auf den hohen Arbeitsaufwand hin, den der Hopfen auch heute noch einfordert: 200 Arbeitsstunden pro Jahr und Hektar, im Vergleich zu sechs Arbeitsstunden bei Getreide. Gerüst bauen, Draht aufhängen, anleiten, ausputzen, nachleiten, ernten, trocknen, pressen und vieles mehr. Und alles für ein goldgelbes Pulver im Inneren der Hopfendolden namens Lupulin, das sämtliche für den Menschen interessante Stoffe enthält.

Charakteristisch für den Spruch ist, so finde ich, dass der Mensch sich darin als den Herrn des Hopfens betrachtet – wie er sich auch ganz allgemein als Herr über die Natur sieht. Ist es in Wahrheit, angesichts von 100 Litern konsumiertem Bier pro Jahr und Leber, nicht umgekehrt? Müsste es nicht heißen: „Der Mensch will täglich seinen Herrn schmecken?"

Diese Darlegung ist der erste Eintrag in Dr. P.s Notizbuch. Gleich an meinem ersten Tag im Turm habe ich es in der Schreibtischschublade des Arbeitszimmers gefunden. Als hätte er gewusst, dass sich jemand auf die Suche nach ihm machen würde, und das Notizbuch absichtlich dort hinterlegt.

Ich bin froh darüber, dass die Stadt mir Dr. P.s letzten bekannten Wohnsitz so unbürokratisch, ja bereitwillig zur Verfügung gestellt hat, und das trotz der allgemeinen Reise- und Kontaktbeschränkungen. Ich nehme an, meine Auftraggeber hatten da ihre Finger im Spiel – das soll mir recht sein, solange sie mich hier in Ruhe lassen.

Ich habe den Turm ganz für mich. Er ist vollständig, aber spartanisch möbliert, genau wie ich es mag. Die Treppe zum ersten Stock, wo Arbeits- und Schlafzimmer liegen, stammt offenbar noch aus dem Mittelalter: Ihr dunkles Holz ist von vielen Tausend Schritten abgeschmirgelt und so glatt, dass ich schon mehrmals fast gestürzt wäre.

Sogar einen kleinen Garten gibt es, mit einer Bank, wo ich in der Sonne sitzen kann, mit einem heranwachsenden Bäumchen und Büschen voll knospender Rosenblüten. Die Walderdbeeren sind noch weiß und hart, doch sehr bald werde ich jeden Tag eine kleine Schüssel davon ernten können.

Bis auf den Turm scheint nicht viel von der Altstadt übrig zu sein: Ein Großteil der umliegenden Gebäude wirkt entweder wie frisch hochgezogen oder so heruntergekommen, dass die Abplatzungen im Putz an die Umrisse ferner Länder denken lassen. Dafür gibt es den mindestens Fußballfeld-großen Hauptplatz mit schönen und gepflegten Prachtbauten in allen vier Himmelsrichtungen, zumindest mit schönen und gepflegten Fassaden.

Dass der Platz und die Straßen aufgrund der Tuberkulose weitgehend menschenleer sind, die Läden und Gaststätten geschlossen, stört mich nicht. Im Gegenteil: Ich bin froh meine Ruhe zu haben, mich ganz auf meine Aufgabe konzentrieren zu können. Ein erster Schritt wird sein, Dr. P.s Notizbuch vollständig durchzuarbeiten, und den Turm nach weiteren Anhaltspunkten zu durchsuchen, nach Hinweisen,

Gegenständen aller Art, die er hinterlassen hat.

Übrigens sind genau genommen nicht die *Straßen* leer, sondern nur die verkehrsberuhigten Bereiche und die Bürgersteige. Wo wohl all die Autos hinfahren sollen, wenn man doch nur zur Arbeit, zum Arztbesuch oder für lebensnotwendige Besorgungen vor die Tür darf? Die Menschen hier scheinen ihre Wagen sehr zu mögen, und sie scheinen sich darin vollkommen sicher zu fühlen. Als böten eine Hülle aus Plastik und Blech, zwei Stoßstangen und ein Satz Airbags einen Schutz gegen Bakterien.

Zum Glück dringt der Verkehrslärm nur sehr gedämpft an den Turm. Das Lauteste, was ich höre, sind die Gesänge der Vögel im Garten. Wenn ich in der Sonne sitze und ihnen lausche, vermag ich mich wie im Schoß einer unversehrten Welt zu fühlen, einer Welt ohne Risikogruppen, Infektionsketten oder Reproduktionszahlen. Weder Schwindsucht noch Bluthusten noch Atemnot, kein Mottenfraß der Lunge, keine verseuchten Tröpfchen in der Luft – nur Pollen, schüchterne Wärme auf der Haut, freundliche Käfer und Gesang.

Die Wirkungen des Hopfens sind vielfältig, wie schon Hildegard von Bingen im 12. Jahrhundert wusste. Abgesehen davon, dass Bier wohl schon so manchem jungen Mann zu seinem Ersten Mal verholfen hat (womöglich auch zu seiner ersten erektilen Dysfunktion), wirkt Hopfen beruhigend, harntreibend, verdauungsfördernd. Er soll Galle und Milz reinigen, die weibliche Monatsblutung wie auch Geburten erleichtern, wurde schon vor Urzeiten zur Bekämpfung von Mittelohr-Entzündungen verwendet. Die antiseptische Wirkung der im Hopfen enthaltenen Bittersäuren bedingt, neben dem Alkohol, die lange Haltbarkeit des Bieres. Dies brachte die Menschen im Mittelalter dazu, Bier statt Wasser zu trinken, um ihre Gesundheit zu schützen.

Heute werden aus Hopfen gewonnene Antibiotika unter anderem in der Hühnerzucht eingesetzt. Darüber hinaus entdeckte man vor kurzem den krebshemmenden Wirkstoff Xanthohumol, speziell wirksam gegen – man höre und staune – Leberkrebszellen. Gäbe es einen Schöpfer, man müsste ihn als skrupellosen Zyniker bezeichnen.

Auf die krebshemmende Wirkung von Hopfenbestandteilen geht Dr. P. im Folgenden nicht näher ein, dafür auf die antimikrobielle. Es könnte sich also um eine der für meine Auftraggeber interessantesten Stellen seines Notizbuchs handeln. Er schreibt, die gegen Bakterien wirksamen Inhaltsstoffe des Hopfens seien in den Alpha- und vor allem in den Betasäuren enthalten. Außer in der Hühnerzucht würden sie zum Beispiel von der Zuckerindustrie eingesetzt, um die Bildung von schleimartigen Belägen zu verhindern, wie Dr. P. es ganz profan ausdrückt.

Ansonsten konzentriere sich die Hopfenforschung in den letzten Jahrzehnten leider fast ausschließlich auf die Interessen der Bierbrauer und -trinker, passend dazu, dass 95 Prozent des angebauten Hopfens im Bier landen. Dabei habe es bereits Anfang des 20. Jahrhunderts sehr vielversprechende Versuche mit Hopfen-Präparaten gegeben, und zwar bei der Behandlung von – man mag es kaum glauben – Tuberkulose. Kein Wunder also, dass Dr. P. sich eine Stadt im weltgrößten Hopfenanbaugebiet als Basis gewählt hat, um seine Antibiotika-Forschungen voranzutreiben. Auch wenn er zu diesem Zeitpunkt noch nichts davon ahnen konnte, dass die Welt ein Jahr später fest im Griff des *Mycobacterium tuberculosis* sein würde.

Zum Glück bin ich hier im Turm leidlich gegen die Seuche geschützt. Bislang habe ich ihn nur zum Einkaufen verlassen, und das möchte ich so beibehalten, solange ich mit dem Sichten des Notizbuchs beschäftigt bin. Mittlerweile habe ich den ganzen Turm samt Garten gründlich nach Hinweisen durchsucht, auch den Dachboden, der nur über eine klapprige Holzleiter zu erreichen ist. Die Staubschicht dort oben hat eine Dicke von mehreren

Millimetern, und ich konnte weit und breit keine Schuhabdrücke entdecken. Daraus habe ich geschlussfolgert, dass sich seit weit *über* einem Jahr niemand dort oben bewegt haben kann, auch nicht Dr. P.

In einem Verschlag unter der Treppe zum ersten Stock bin ich auf eine Ansammlung leerer Bierflaschen gestoßen, durchweg Sorten aus der Region: Müllerbräu Hopfenland Pils, Holledauer Weisse, Auer Kellerbier, Scheyrer Klosterbier-Dunkel. Den Verfallsdaten nach könnten sie alle von Dr. P. erworben und geleert worden sein, sei es zu Forschungs- oder anderen Zwecken. Auffällig ist, dass es sich um insgesamt 132 Flaschen handelt, aber nie um zwei der gleichen Sorte.

Davon abgesehen konnte ich im und um den Turm keinerlei Gegenstände finden, die auf Dr. P. hinweisen. Dafür lag in meinem Briefkasten eine Faltkarte der Stadt und der umgebenden Hopfengebiete. „Alles Gute für Ihren Aufenthalt" steht in blauer Tinte auf der Rückseite, und darüber, mehrfach durchgestrichen, aber noch zu entziffern: „Wenn Sie mal Zeit haben, schneiden Sie doch bitte die trockenen Pflanzenteile ab. Das Gärtchen kann so schön sein!"

Leider hat der Verfasser, der krakeligen Handschrift nach zu urteilen ein älterer Herr, keine Adresse oder Telefonnummer auf der Karte hinterlassen. Gut möglich, dass er voriges Jahr Dr. P.s Bekanntschaft gemacht hat und hilfreiche Informationen für mich hätte.

Zumindest hat mich seine Nachricht auf die Idee gebracht, auf ähnliche Weise meine neuen Nachbarn zu kontaktieren und sie nach Dr. P. zu fragen. So eine Aktion will jedoch wohlüberlegt sein und fordert einiges an Fingerspitzengefühl – ich will jedes unnötige Aufsehen vermeiden.

Humulus lupulus: Die wissenschaftliche Bezeichnung für den Echten Hopfen bestätigt meinen Eindruck, dass er mehr mit dem Menschen gemein haben könnte, als man auf den ersten Blick denkt. Der Name rührt daher, dass sich die wachsende Hopfenpflanze mithilfe von Klimmhaaren an ihrer Kletterstütze emporwindet, sie dabei umschlingt wie ein kleiner Wolf – lupulus – seine Beute.

Und heißt es nicht auch: „Der Mensch ist des Menschen Wolf"? Ganz zu schweigen davon, was der selbsternannte Homo sapiens nicht-menschlichen

Tieren antut. Das ein oder andere der Abermillionen Schweine, die Tag für Tag in industriellen Mastanlagen unter lebensverachtendsten Bedingungen vor sich hin vegetieren, mag sich danach sehnen, endlich von einem Wolfsgebiss erlöst zu werden.

Auf diese Bemerkung Dr. P.s in seinem Notizbuch folgen einige sehr interessante Ausführungen über bakterielle Anpassungsmechanismen. In der industriellen Tierhaltung würden Erreger regelmäßig Resistenzen gegen Antibiotika entwickeln, die dort in großem Maßstab zur Wachstumsförderung eingesetzt werden. Es handele sich vor allem um Streptokokken im Magen-Darm-Trakt der Tiere und um Staphylokokken auf ihrer Haut. Diese Keime könnten, so Dr. P. weiter, über das verarbeitete Fleisch, die Abluft oder die Gemeine Stubenfliege in die Umgebung gelangen und auf den Menschen überspringen.

Was Dr. P. dann schreibt, liest sich heute fast prophetisch: Bakterien seien problemlos in der Lage, mithilfe von „Genschnipseln" Antibiotika-Resistenzen untereinander weiterzugeben. So könne ein an sich harmloser, aber multiresistenter Keim aus einer europäischen Mastanlage in einem menschlichen Wirt nach Südostasien reisen und dort seine Eigenschaften auf andere, weit gefährlichere Keime übertragen. Es sei folglich nur eine Frage der Zeit, bis ein neuer, tödlicher Bakterienstamm entstehe, gegen den die meisten – oder sogar alle – gängigen Antibiotika wirkungslos seien. Wohlgemerkt: Diese Zeilen hat Dr. P. laut Datumsangabe vor ziemlich genau einem Jahr verfasst, also eindeutig vor Ausbruch der Tuberkulose-Pandemie.

Da mich die bloße Lektüre seines Notizbuchs nicht schnell genug voranbringt, habe Ich kürzlich einige Briefe in die Postschlitze der Wohnhäuser um den Turm geworfen, in denen ich mich als neuer Nachbar vorstelle. Man könne sich ja mal treffen – selbstverständlich mit Mund-Nasen-Schutz und unter Einhaltung des Sicherheitsabstands –, um sich ein wenig auszutauschen. Es erschien mir klüger, erst bei einem solchen Treffen zu entscheiden, ob ich ihm oder ihr das Foto von Dr. P. vorlegen sollte. Ich habe es von meinen Auftraggebern zugesandt bekommen, es zeigt einen unscheinbaren Grauhaarigen mit Allerweltsgesicht. Seine Augen jedoch sind markant: Sehr hell, sehr klar blicken sie mich an, dennoch vermag ich nicht zu entscheiden, ob sie nun braun sind, grün oder grau.

Zudem habe ich mir die Landkarte des Herrn mit der Krakelschrift genauer angesehen und einige rot umkreiste Stellen entdeckt. Die dem Turm am nächsten gelegene habe ich bereits erkundet: Es handelt sich um einen Hopfengarten auf einer Anhöhe nordöstlich der Stadt, am Rand eines Waldstücks. Es wäre sehr friedlich, fast idyllisch dort, wenn nicht das Landsträßchen wäre. Nur alle paar Minuten kommt ein Auto vorbei, dann aber in mörderischem Tempo, sodass man buchstäblich in den Wald, in den Graben oder eben in den Hopfengarten ausweichen muss.

Vom Lupulinpulver war natürlich noch nichts zu sehen oder zu riechen: Die damit gefüllten Dolden entwickeln sich aus den Blüten, und die Hopfenblüte setzt erst Anfang Juli ein. Die Reben überragen mich allerdings bereits um zwei, drei Köpfe. Sie wachsen immer paarweise, nach oben hin V-förmig auseinanderstrebend. Ganz wie die Menschen, würde Dr. P. vielleicht dazu anmerken: Sie tun sich zu zweit zusammen, um gleich darauf mit dem Auseinanderleben zu beginnen.

Immerhin bleiben sie über einige Quertriebe miteinander verbunden.

Die Blätter sind ein-, drei-, oder manchmal fünflappig, auf die größten von ihnen kann ich gerade die gespreizten Finger meiner Hand legen. Die Haupttriebe haben sich dreifach um ihren Leitdraht gewickelt, alle Seitentriebe fühlen sich bis zu den Spitzen klebrig an. Bei näherem Hinsehen stellt man fest, dass nichts anderes als die Klimmhärchen diesen Eindruck erwecken.

Anfangs ließ ich mir beim Gang durch die Rebenreihen die herabhängenden Ranken gedankenlos über die nackten Arme streifen, bis ich feststellte, dass sie ein unangenehm kratzendes Gefühl hinterlassen. Es blieb eine gute Stunde lang auf der Haut, und noch jetzt sind meine Oberarme von roten Striemen überzogen.

Hopfenpflanzen wachsen rechtswindend, das heißt sie winden sich immer im Uhrzeigersinn um ihren Draht, auch auf der Südhalbkugel. Dabei schaffen sie unter optimalen Bedingungen ein Wachstum von bis zu 35 Zentimetern am Tag: ein absoluter Rekord für unsere Breitengrade, vergleichbar mit Bambus.

Bedenkt man dazu die Tatsachen, dass sich ihre Wurzeln bis zu sechs Meter tief in die Erde graben, und dass Wilder Hopfen von Lappland bis zum Äquator anzutreffen ist, drängt sich eine weitere Gemeinsamkeit mit der menschlichen Spezies auf: Hybris, Unersättlichkeit, unstillbarer Drang zur Expansion.
Und auch dem Menschen scheint ein angeborener Rechtsdrall innezuwohnen. Die Innenarchitektur ganzer Kaufhäuser ist danach ausgerichtet, in den allermeisten Ländern der Erde herrscht Rechtsverkehr, 90 Prozent der Menschen sind Rechtshänder, und wenn man sich die politische Entwicklung der letzten Jahre anschaut, setzen bald ebenso viele ihr Kreuz bei einer rechtspopulistischen Partei.

Ich weiß nicht, inwieweit Dr. P. seine Bemerkung zum „Rechtsdrall" des Menschen ernst gemeint hat. Für den von ihm angesprochenen Größenwahn hingegen finde ich bei meinen Recherchen mehr und mehr Belege: Die sogenannte Hopfenpflückmaschine, die in den 1950er Jahren der Ernte von Hand – und damit der Ära der „Hopfenzupferromantik" – ein Ende setzte, ist die größte und teuerste Agrarmaschine aller Zeiten. Aus einer Rebe gewinnt man bis zu 10.000 Dolden, das entspricht 500 Gramm Trockenhopfen, womit wiederum 500 Liter Bier gebraut werden können. Da auf einem Hektar circa 4.000 Reben wachsen und das Anbaugebiet, in dem ich mich befinde, 17.000 Hektar umfasst, lassen sich mit dem regionalen Hopfen jährlich 34 Milliarden Liter Bier herstellen – mehr als ein Drittel der Weltproduktion.
Ein weiteres Beispiel: Ich wohne hier in der mit 26.000 Einwohnern größten Stadt der Region. Das Nachbarstädtchen zählt gerade einmal 11.000 Menschen, bezeichnet sich selbst aber als „Hopfenmetropole". Dort befinden sich die Interessenvertretung der Hopfenbauern sowie das Deutsche Hopfenmuseum, dessen Ausstellung man durch die – wenig überraschend – weltweit größte Nachbildung einer Hopfendolde betritt.
Dieses Museum ist ein weiterer der Orte, die der ältere Herr auf seiner Karte rot markiert hat. Leider hat es aufgrund der Pandemie geschlossen, und ich konnte bislang niemanden aus der Verwaltung erreichen. Was einen Einbruch angeht, erscheint mir das damit verbundene Risiko – verglichen mit dem zu erwartenden Nutzen – als etwas zu hoch.

Meine zweite Expedition in den nordöstlichen Hopfengarten hat mich ebenso wenig weitergebracht wie die erste. Dafür habe ich heute Nacht davon geträumt: Ich war darin unterwegs, genauer gesagt in einer nach schalem Bier riechenden, spätsommerlich zugewucherten Version. Da ich überhaupt nicht weiß, wie ein solcher Hopfengarten kurz vor der Ernte aussieht, geschweige denn wie er riecht, muss meine nächtliche Fantasie diese Lücken gefüllt haben.

Ich kämpfte mich zwischen seinen Reben hindurch wie durch tropischen Dschungel. Tiefgrüne, wie menschliche Hände geformte Blätter schlugen mir ins Gesicht, schlangendicke Triebe legten sich mir um Arme, Brust und Hals. Hopfendolden sind nicht viel größer als Daumenkuppen, in meinem Traum aber hatten sie die Größe von Salatköpfen, und bei jeder Berührung rieselte goldgelbes Pulver zwischen ihren Deckblättern hervor, das mir Hände und Augen verklebte.

Ich war mir sicher, dass Dr. P. nur wenige Schritte von mir entfernt sein konnte, doch sobald ich zwei Reben auseinanderbog, sah ich dahinter nichts als eine weitere dunkelgrüne Wand. Dr. P., wollte ich rufen, Dr. P.! Nur drangen aus meiner Kehle keine Laute, sondern eine bittere, uringelbe Flüssigkeit, die mir als dicker Schaum um die Lippen wuchs. Einen der Vögel im Garten verfluche ich jeden Morgen, weil er schon lange vor Sonnenaufgang zu singen anfängt, lautstark und wohl in unmittelbarer Nähe meines Schlafzimmerfensters. Heute früh aber war ich ihm geradezu dankbar dafür, dass er mich aus dem Schlaf gerissen und den Traum beendet hatte.

Vielleicht tut es mir nicht gut, dachte ich noch halb benommen, im selben Bett zu schlafen wie Dr. P. vor einem Jahr, jeden Abend meinen Kopf auf dasselbe Kissen zu betten wie er.

Nach 70 Tagen erreicht der Hopfen Ende Juni seine Gerüsthöhe von sieben Metern. Als ich zum ersten Mal eine Hopfenpflanzung sah, dachte ich: Hier wohnen Riesen, die versuchen den Weinbau nachzuahmen. Und mit diesen wirren Drahtgeflechten zwischen den Masten wollen sie womöglich Drachen fangen, um sie dann an der Leine auszuführen wie die Menschen anderswo ihren Hund.

Vielleicht ist das Land hier deshalb so, wie es ist: von Riesenlatschen ausgetrampelt. Auf meinen hiesigen Exkursionen bin ich noch an keinen einzigen Ort gelangt, von dem aus man nicht mindestens einen Hopfengarten, ein Gehöft oder einen Kirchturm im Blick hat, wenigstens eine Kapelle oder eines dieser Wegkreuze mit Jesus- und Marienfigur. Ich frage mich, ob das mehr über die einförmig gewellte Landschaft aussagt oder über die Menschen, die darin leben.

Dr. P.s Abneigung gegen die Landschaft hier teile ich nicht: Ich finde, die sanften Hügel, teils bewaldet, teils mit Hopfengärten, Getreide- oder Maisfeldern bedeckt, die in den Senken verstreuten Höfe und Dörfer haben etwas Liebliches, Idyllisches, nicht zuletzt aufgrund der vielen Pfarrkirchen samt ihrer wohlgeformten Türme.

Allerdings muss ich einräumen, dass mir die Heimat fehlt, wie offenbar auch Dr. P. vor einem Jahr. Mir fehlen „richtige" Berge und Täler, der weite Blick über die Ebene, wenn man einen Gipfel bezwungen hat. Hier scheint es weit und breit keine Gipfel zu geben, stattdessen sieht für mich alles noch sehr ähnlich aus: Hinter einem sanften Hügel kommt der nächste sanfte Hügel, dann der nächste und so weiter. Wie Sanddünen, würde Dr. P. vielleicht sagen: Ich befinde mich in einer *Hügelwüste.*

Mehr als einmal habe ich mich bereits darin verlaufen, erst nach stundenlangem Umherirren zurück zum Turm gefunden, und das nur dank der Sonne und der in die Stadt führenden Bundesstraße. Mir fehlen Berge und Gebirgskämme als Landmarken zur Orientierung, und der ein oder andere richtige Aussichtspunkt, um sich einen Überblick zu verschaffen.

Von der gleichmäßigen Wellenform der Landschaft auf den Charakter ihrer Bewohner zu schließen, wie Dr. P. es tut, halte ich jedoch für mindestens fragwürdig, wenn nicht überheblich. Sie trügen eine angeborene Abneigung gegen alle Ecken und Kanten in sich, schreibt er, passend zu den allseits zur Schau getragenen Bierbäuchen. Instinktiv sei ihnen alles suspekt, was tiefer reichen könnte als bis zum Grund ihrer Bäche und Weiher, oder, noch schlimmer, die Spitzen ihrer Kirchtürme überstiege.

Was die Monstrosität der Hopfengärten betrifft, stimme ich Dr. P. wiederum zu. Gerade in unbepflanztem Zustand können die senkrecht oder schräg aus dem Boden ragenden Masten, die zwischen ihnen aufgespannten Netze aus Querseilen und Längsdrähten, eine richtiggehend unheimliche Ausstrahlung entwickeln. Im Schlafzimmer des Turms hängt eine großformatige Fotografie, auf der vor einheitlich grauem Himmel ein schwarzes Wirrwarr aus Masten, Seilen und Drähten zu sehen ist. Diese sind teilweise aufgerollt und von spitzigen Rankenresten übersät, sodass das Ganze tatsächlich wirkt wie eine Stacheldraht-Falle für gigantische Fabeltiere oder wie ein Abenteuerspielplatz für Selbstmörder.

Vielleicht ist es meiner nächtlichen Erholung nicht gerade zuträglich, dass dieses Bild in unmittelbarer Nähe des Bettes hängt. Der Traum ist zwar nicht wiedergekommen, aber mein Schlaf ist viel zu leicht: Jeden Morgen werde ich, lange vor Sonnenaufgang, von der Amsel an meinem Fenster geweckt. Zu Gesicht bekommen habe ich sie noch nie, nur die angefressenen Walderdbeeren im Garten und die grau-weißen Kotwürstchen auf der Bank. Mein Platz zum Sitzen und Sonnen schrumpft regelmäßig zusammen, bis er vom nächsten Regen saubergewaschen wird.

Dass es sich um eine Amsel handelt, habe ich aus ihrem Gesang geschlussfolgert. Sie hat eine Vorliebe für zwei kurze tiefe Triller, gefolgt von einem höheren: tilidi – tilidi – *tilidi*. Diese Sequenz pflegt sie unermüdlich zu wiederholen, mit Variationen in der Länge der Töne und der Pausen dazwischen. Mittlerweile bin ich in der Lage sie fast perfekt zu imitieren, wobei ich mir ein wenig vorkomme wie ein Papagei, der nichts von seinem Geplapper versteht. Das Gezwitscher aber, in das die Amsel ihre Lieblings-Sequenz mitunter auslaufen lässt, übersteigt die Fähigkeiten meiner Ohren, meiner Zunge und meines Kopfes bei Weitem.

In Hopfengärten wird man ausschließlich weiblichen Hopfen finden. Männliche Pflanzen gelten als Schädlinge und müssen in Anbaugebieten per Gesetz vernichtet werden, weil windbefruchtete Dolden schlechter zum Bierbrauen geeignet sind. Die Vermehrung und damit die Entwicklung neuer Zuchtsorten obliegt dem staatlichen Hopfenforschungsinstitut. Es wurde 1926 als Reaktion auf die Pilzkrankheit Peronospora gegründet, auch bekannt als Falscher Mehltau, der damals den deutschen Hopfenanbau beinahe vollständig zum Erliegen gebracht hätte.

Andere Schädlinge wie Hopfenblattlaus, Spinnmilbe oder Erdfloh haben natürliche Feinde, zum Beispiel den guten alten Marienkäfer. Ich frage mich: Ist nicht der Mensch selbst der schlimmste aller Schädlinge, aller Parasiten, und zwar für sämtliche existierende Lebewesen, für das gesamte Ökosystem Erde? Und: Wer wird unser Marienkäfer sein?

Ein wenig paradox finde ich es schon, dass Dr. P. den Menschen als „schlimmsten aller Schädlinge" bezeichnet, andererseits sein ganzes Forscherleben der Bekämpfung potentieller multiresistenter Keime gewidmet hat, die das Fortbestehen ebendieser Menschheit bedrohen. Ich kann mir das nur mit den vier Buchstaben erklären, die die Welt regieren: Meinen Recherchen nach dauert es 10 bis 15, manchmal 20 Jahre, um ein neues Antibiotikum zu entwickeln, und verschlingt eine Investitionssumme von rund einer Milliarde US-Dollar. Und wenn sich das mutierte Tuberkulose-Bakterium weiter so aggressiv ausbreitet wie bislang, werden die Folgekosten für die Weltwirtschaft in noch ganz anderen Dimensionen rangieren, ganz zu schweigen von den Opfern der Pandemie. Der Tod lässt sich nicht beziffern.

Kein Wunder also, dass meine Auftraggeber – sei es nun die britische Regierung, die Weltgesundheitsorganisation, die Spitzen der Pharma-Industrie – derart nachdrücklich an Dr. P.s Forschungsergebnissen interessiert sind. Vor wenigen Monaten noch hätte man einen Wissenschaftler, der in einer Bierzutat nach lebensrettenden antimikrobiellen Wirkstoffen sucht, als weltfremden Sonderling verspottet. Vielleicht ist er auch deshalb hierher geflüchtet, in die Abgeschiedenheit dieser Stadt, in diesen Turm.

Es war nur eine Frage der Zeit, bis meine Auftraggeber mich hier kontaktieren würden, auf die gleiche Weise wie immer: mit einem Brief ohne Absender, Namen oder Unterschrift. Ein „vollständiger Lagebericht" wird darin erbeten, das heißt eingefordert. Was soll ich ihnen schreiben: Ich habe Dr. P.s Notizbuch gelesen? Ich habe den Turm dreimal von oben bis unten durchsucht? Ich trage Schorfreste an den Armen von meinen Expeditionen in den Hopfengarten? Ich habe die Leute vom Hopfenmuseum angerufen, angeschrieben, angebettelt, aber sie wollen nicht mit mir sprechen?

Auch mit den anderen zwei Orten, die der ältere Herr auf der Karte eingekreist hat, habe ich mich inzwischen auseinandergesetzt: Es handelt sich um eine Brauerei sowie um einen Hopfen verarbeitenden Betrieb, beide Pandemie-bedingt geschlossen und nicht zu erreichen. Gleiches gilt für das von Dr. P. erwähnte Forschungsinstitut, was besonders bedauerlich ist.

Dafür lag, neben dem Schreiben meiner Auftraggeber, ein bunt bedrucktes Blatt Papier in meinem Briefkasten. Auf der Rückseite steht in krakeliger Altmännerschrift: „Ich stimme einem Treffen zu, unter der Bedingung, dass Sie endlich die trockenen Pflanzenteile aus dem Gärtchen entfernen. Es kann so schön sein! Treffen am Zentrum, zwölf Uhr mittags."

Genau wie die erste hat der alte Mann diese Mitteilung mit blauer Tinte verfasst und dann mehrfach durchgestrichen. Leider hat er es wieder versäumt seine Telefonnummer anzugeben, wenigstens Namen oder Adresse. Wenn ich daher nicht alle Nachbarn durchklingeln will, denen ich meine Nachricht in den Postschlitz geworfen hatte, muss ich mich von jetzt an jeden Mittag auf den Hauptplatz begeben und die Augen offenhalten. Was der alte Mann nämlich ebenfalls vergessen hat: eine Datumsangabe für unser Treffen. Zudem habe ich nicht die geringste Ahnung wie er aussieht, und der Hauptplatz ist, wie gesagt, größer als ein Fußballfeld.

Früher war der Hopfenanbau reine Handarbeit. Es gab Gerätschaften wie den Strempfl zum Schlagen der Löcher für die Hopfenstangen, den Frosch zum Spannen der Drahtseile, den Straklzieher zum Abziehen der Reben. Es gab ein Drahtaufhängegerät namens Kasperl, einen Pflückkorb für die Dolden namens Kirm, Hopfenhauen, -spieße, -gabeln, Hopfenzupferhocker und vieles mehr. Tätigkeiten wie die des Stanglers, des Hopfentreters oder des Spagatwerfers waren hoch angesehen und anständig bezahlt. Die Hopfenzupfer, die in liebevoller Kleinarbeit jede Dolde einzeln von ihrer Rebe pflückten, entwickelten ein ganz eigenes Brauchtum. Am letzten Tag der Ernte zogen sie mit einer geschmückten Hopfenstange auf den Hof ihres Bauern, hielten Reden, führten Tänze auf, bekamen ein großes Abschlussmahl vorgesetzt und ihren Lohn ausbezahlt.

Warum ich all das schreibe? Um vor Augen zu führen, was der Hopfenkultur unwiederbringlich verloren gegangen ist, wie auch dem Planeten Erde Tag für

Tag so vieles verloren geht – durch den zwanghaften Drang des Menschen zum sogenannten Fortschritt.

Gestern noch habe ich mich über Stellen wie diese in Dr. P.s Notizbuch, über solche Anwandlungen von Nostalgie, sehr geärgert: Weder haben sie irgendetwas mit seiner Antibiotika-Forschung zu tun noch bringen sie mich in irgendeiner Form bei der Suche nach ihm weiter. Wo hat er seine Fortschritte, seine Messungen, seine Erkenntnisse festgehalten?

Ich war frustriert: Jeden Mittag hatte ich auf dem Hauptplatz herumgelungert. Genau genommen ist er deutlich schmaler als ein Fußballplatz, dafür dreimal so lang, und übrigens halbwegs vom PKW-Verkehr befreit. Ich versuchte es überall, am alten Rentamt, am Haus der Begegnung, ums Wasserspiel herum, vor jeder der drei Brauereigaststätten, vor beiden katholischen Kirchen. Die meiste Zeit verbrachte ich an einem Ort, den man als „Zentrum des Zentrums" der Stadt bezeichnen könnte: am Marienbrunnen.

Keiner der wenigen Passanten jedoch, die trotz Tuberkulose auf dem Platz unterwegs waren, schien mich zu beachten. Alle hasteten sie in weitem Bogen an mir vorbei, auch und erst recht, als ich ein großes Pappschild mit meinem Namen in die Höhe hielt.

Dann dämmerte mir, dass der Nachbar mit der Krakelschrift vielleicht gar nicht das Zentrum *der Stadt* als Treffpunkt vorgesehen hatte, sondern das *Zentrum des Hopfengartens* auf seiner Karte. Ich ging wieder dorthin. Die Reben überragten mich um das Drei-, bald um das Vierfache, waren inzwischen so buschig, dass ich ihren Ranken nur schwer ausweichen konnte und mir auf der Suche nach der Mitte der Pflanzung neue blutige Striemen zuzog.

Von dem alten Mann aber keine Spur. Noch einmal las ich mir seine beiden Nachrichten durch, untersuchte auch die bunte Vorderseite der zweiten eingehender: Es handelt sich um einen Hopfen-Waagschein der Marktgemeinde Wolnzach aus dem Jahr 1899, versehen mit einem gelb-grünen Wappen, einem goldenen Siegel, silbernen Medaillen-Emblemen der Münchener und Straubinger Hopfenausstellungen, stilisierten Hopfenblättern und -dolden, kolorierten Kupferstichen von Dorfplätzen und Kirchen. Ob mir dieses Dokument etwas sagen soll, und was es mir sagen soll – keine Ahnung.

Ich sah mir die leeren Bierflaschen unter der Treppe zum ersten Stock genauer an, in der Hoffnung, Dr. P. könnte darin einen Hinweis hinterlassen haben, oder auf einer der Etiketten. Für den Fall, dass er mit Zwiebelsaft geschrieben hätte, hielt ich eine Feuerzeugflamme daran. Dann schleppte ich die Flaschen zum Getränkemarkt, ließ mir dafür je eine volle geben. Gestern Abend öffnete ich die erste, ein Altbayrisch Hell der letzten eigenständigen Brauerei der Stadt. Ich musste würgen, wie immer, wenn ich versuche Bier zu trinken, und wie immer bekam ich schon nach ein paar Schlucken Kopfschmerzen.

Und dann, heute Morgen, nach wenigen kreiselnden Stunden Schlaf: tilidi – tilidi – *tilidi*. Die Erkenntnis traf mich wie ein Schauer, wie Tropfen klärendes Wasser fielen die Worte, die mir die Amsel vielleicht schon seit meinem ersten Tag im Turm hatte näherbringen wollen, in meinen bierdumpfen Kopf. Tilidi – tilidi – *tilidi*: Hopfen – Forschung – Zentrum. In seinem Notizbuch hatte Dr. P. es *Institut* genannt, doch der offiziellen Bezeichnung nach ist es eben ein *Zentrum*. Mit zittrigen Fingern kramte ich die Karte des Nachbarn hervor: Das Forschungszentrum ist zwar nicht eigens markiert, bildet aber – wenig überraschend – den exakten Mittelpunkt zwischen den vier rot umkreisten Stellen.

Jetzt ist es kurz vor neun. Wenn ich mich in einer Stunde auf den Weg mache, bin ich um halb zwölf dort. Vorher will ich mich in die Morgensonne setzen und mir ein Katerfrühstück aus Walderdbeeren gönnen, inmitten der duftenden Rosen, in Gesellschaft des jugendlichen Bäumchens und der Amsel.

Der Hopfen: im Zuge der Völkerwanderung aus Asien nach Europa gelangt. Als Arznei längst bekannt, als Brauzusatz eine Erfindung mittelalterlicher Mönche, neben Bilsenkraut, Baumrinde, Spänen, Ruß, Gallenblase und vielem mehr. Beendigung dieses lebensgefährlichen Duachanands durch Herzog Wilhelm IV. im Bayerischen Reinheitsgebot von 1516: Das Monopol ist errungen. Mitte des 19. Jahrhunderts: deutscher Hopfenrausch mit Nürnberg als Welthandelszentrum, ermöglicht durch Industrialisierung und Globalisierung. Mitte des 20. Jahrhunderts: Mechanisierung, Einführung der Hopfenpflückmaschine.

(Kollateralverluste: Kleinbauern, Hopfenzupfer, Romantik.) Dank seines nimmermüden Dieners erobert das Grüne Gold in Form von Dolden, Pulver, Pellets und Extrakt auch die letzten Winkel der Erde.
Wie man sieht, ist die Geschichte des Hopfens die Geschichte des Menschen. Bleibt nur die Frage, wie diese Geschichte weitergeht, oder besser gesagt, wann und unter welchen Umständen sie endet.

Es ist fünf vor zwölf. Ich bin später angekommen als geplant, weil ich zwischen all den Hügeln mal wieder die Orientierung verloren habe, hangauf schieben und hangab kreuzen und mein Rad quer über dicht befahrene Bundesstraßen bugsieren musste. Im gleichen Maß, wie die Menschen hier ihre Autos lieben, scheinen sie eine Abneigung gegenüber Radfahrern zu hegen, oder zumindest vornehmes Desinteresse.

Das Hopfenforschungszentrum: ein schlicht-moderner Bau mit großzügigen Fensterfronten, in direkter Nachbarschaft einer kleinen Kapelle. Früher war hier ein verschlafenes, in die seicht-hügelige Landschaft gebettetes Dörfchen samt Hopfengut, heute werden von diesem Ort aus 30 Hopfensorten in 100 Länder exportiert. 100 Kreuzungen, 100.000 Sämlinge pro Jahr, aus denen nach 12 bis 15 Jahren eine neue Sorte entsteht. Diese soll einen hohen Ertrag bringen, gute Wuchs- und Pflückeigenschaften aufweisen, möglichst resistent sein gegen Welke-Krankheit, Echten Mehltau und Peronospora. Auch wichtig und immer wichtiger: Robustheit angesichts des Klimawandels, also Hitze, Trockenheit, Häufung von Wetterextremen aller Art. Die Aromasorten tragen Namen wie Perle, Tradition, Callista oder Smaragd und sollen im Bier krautig schmecken, würzig, blumig, fruchtig, harzig, nach schwarzer Johannisbeere oder Melone.

Jetzt aber, in Zeiten der Tuberkulose, ist die Tätigkeit im Zentrum offenbar vollständig zum Erliegen gekommen: Hinter den Fenstern regt sich nichts. Ich frage mich, ob Dr. P. vor einem Jahr Kontakt aufgenommen hat, ob er hier ein- und ausgegangen ist. Stand er im Austausch mit den Forschern und Forscherinnen, durfte er ihre Zentrifugen und Gas-Chromatografen nutzen, um die antimikrobiellen Stoffe aus dem Lupulin zu isolieren? Vermutlich war er schwer enttäuscht von den Kolleginnen und Kollegen vor Ort, weil sie

„die Interessen der Hopfenbauern und Bierbrauer zu ihrem obersten Mantra erheben, anstatt dem großen Ganzen zu dienen" – solche oder ähnliche Worte kann ich mir aus seinem Mund vorstellen oder aus seinem Stift.

Da! Ein Mann mit grauen Haaren und Atemschutzmaske – viel mehr habe ich von ihm nicht erkennen können, da er gleich wieder hinter der Gebäude-ecke verschwunden ist. Herr Nachbar! Er scheint großen Abstand halten zu wollen, wohl aus Angst vor einer Ansteckung. Das ist verständlich im Hin-blick auf sein Alter, aber anstrengend: Ich muss mit strammem Schritt gehen und mich extrem konzentrieren, um ihn nicht aus den Augen zu verlieren. Er führt mich um das Gebäude herum, an einem der Gewächshäuser entlang. Hinter dem Glas: ein Dschungel aus Hopfenblättern und -trieben, ehemali-gen Setzlingen höchstwahrscheinlich, die seit Monaten sich selbst überlassen sind.

Auch in dem Versuchsgarten, in den der alte Mann wenige Sekunden vor mir eingedrungen ist, hängen die Ranken so dicht beieinander, dass ich so-fort seine Spur verliere. Ich sehe nichts als grün, ständig bleibt meine Hose ir-gendwo hängen, es kratzt und brennt an meinen Armen, am Hals, im Gesicht. Um sie zu schützen, muss ich die Augen schließen, taste mich mit Händen und Füßen zwischen den Reben voran, versuche jetzt nur noch mich in mög-lichst gerader Richtung fortzubewegen. Irgendwie, irgendwann muss ich ein Ende dieses Hopfengartens erreichen. Als ich ins Leere greife und die Augen aufmache, ist da eine Scheune. Sie scheint ganz aus Holzlatten und Wellblech gezimmert, ihr Tor steht weit offen. Dennoch verirrt sich kaum ein Licht-strahl hinein, gerade noch habe ich den Schemen des alten Mannes in die Schatten gleiten sehen. Ich folge ihm vorbei an Traktorreifen – wie Spielzeuge von Riesenkindern. Dann eine Maschine, die sich vier, fünf, sechs Meter hoch auftürmt bis unter die Decke. Riemen, Ketten, Zahnräder, Walzen, metallisch aus der Dunkelheit hervorschimmernd, Rohre, Gestänge und Förderbänder mit nur grob zu erahnenden Verläufen. Ich erkenne die Vorrichtung zum Einhängen der Reben. Wenn man dort die Hand hineinsteckte, würde man ins Innere der Maschine gezogen, und sie ginge gewissenhaft ihrer einzigen Aufgabe nach: dem Pflücken.

Ich höre Schritte über meinem Kopf. Eine geländerlose Holztreppe führt nach oben, die Stufen von feinem Staub bedeckt. Je höher ich steige, desto intensiver wird der Geruch: würzig, herb, nach Wiesenkräutern und getrocknetem Gras. Entfernt erinnert er auch an Bier, nur wirkt er im Gegensatz zu vergorenem Gerstensaft viel anziehender auf mich, frisch, sauber und gesund. Der Duft geht von dem Staub aus, von dem Pulver, mit dem der Dachboden der Scheune überzogen ist. Ich folge den verwischten Fußspuren, vorbei an einer Sammlung gerahmter Hopfen-Waagscheine aus den letzten beiden Jahrhunderten.

Hinter dem Glas einer Vitrine kann ich trotz des Halbdunkels einige Inschriften lesen: Kasperl, Spagatmesser, Hopfenspieß, Strempfl, Straklzieher, Frosch. Darüber eine Art archaische Klemmzange und andere metallische Gegenstände, länglich, mit gebogener Spitze oder rübenartiger Verdickung am einen Ende, wie zum gewaltsamen Einführen in Körperhöhlen.

Fast wäre ich durch ein kreisrundes Loch im Boden gestürzt – das Loch des Hopfentreters. Daneben die Presse, die irgendwann seine Arbeit übernommen hat, samt Aufbau und Handkurbel, alles aus schwärzlich angelaufenem Metall. Niemand möchte seine Hand zwischen die Presseisen bekommen oder den Kopf.

Soweit mein Blick ins Zwielicht reicht, sind große Flächen des Dachbodens mit kindshohen Leinensäcken vollgestellt, mitunter liegen die Hopfendolden auch lose aufgeschichtet herum. Ich hebe eine Handvoll auf, sauge den krautigen Geruch ein, spreize die Deckblätter einer Dolde knisternd auseinander, um an ihr Lupulin zu gelangen. Da knarzt etwas von der hinteren Ecke her, wie eine sich öffnende Tür.

Beim Betreten vermute ich einen kleinen Nebenraum. Dann glaube ich das Innere einer Deutschen Darre zu erkennen, am Gitterrost unter meinen Füßen, an den hartgebrannten Ziegeln, den spiralförmig über die Wände verlaufenden Rauchrohren. Die Tür knarzt abermals und fällt ins Schloss. Ich taste über ihre stählerne Oberfläche, auf der Suche nach etwas wie einer Klinke oder einem Riegel. Hinter dem verglasten Sehschlitz: graue Haare, eine Maske, erstaunlich helle und klare Augen von undefinierbarer Färbung. Für einige Sekunden oder Minuten starrt er mich an, dann hält der alte Mann ein Stück Papier vor den Schlitz. Ich muss ganz nah ans Glas heran und meine Augen zusammenkneifen, um die Krakel im Dämmerlicht zu entziffern: „Sie haben es wieder versäumt, die trockenen Pflanzenteile im Gärtchen abzuschneiden. Wenn man nicht regelmäßig ausputzt, ziehen sich Schädlinge darin zurück und richten im Jahr darauf schlimme Verheerungen an. Und dabei kann es so schön sein!"

Mir ist warm. Meine Haut beginnt zu schmerzen, weil der Schweiß in die aufgeschürften Stellen an meinen Armen rinnt, am Hals, im Gesicht.

Das Trocknen des Hopfens in der Darre ist eine Wissenschaft für sich. Zu exakt festgelegten Zeitpunkten und Intervallen muss die Temperatur zwischen 40 und 70 Grad Celsius reguliert werden, bis eine möglichst gleichmäßig verteilte Restfeuchtigkeit von zehn Prozent erreicht ist.

Vita Erik Wunderlich

Erik Wunderlich, geboren 1983 in Neuenbürg a. d. Enz, heute lebend im hessischen Lich, studierte Physik in Karlsruhe und Psychologie an der Freien Universität Berlin. Er war Finalist beim open mike 2018 und Teilnehmer am ersten Nature Writing Seminar der Bayerischen Akademie des Schreibens 2019.

Die Zeit in Pfaffenhofen stellte für ihn eine Art Startschuss ins freie Schriftstellerleben dar. Seitdem kann er zum überwiegenden Teil vom Schreiben leben, der Rest seines Lebensunterhalts stammt aus einem Nebenjob als Vermessungs-Assistent.

Nach Pfaffenhofen folgten einige weitere Stipendien – so weilte er beispielsweise 2023 als Stipendiat der Roger Willemsen Stiftung einen Monat lang im mare-Künstlerhaus – sowie die Veröffentlichung seines Hörspiel-Debüts „Unearthing" beim SWR. Darauf folgte der Auftrag für eine Hörspiel-Serie, die dieses Stück fortsetzen und im 2. Halbjahr 2025 erscheinen soll. Darüber hinaus arbeitet Erik Wunderlich an seinem ersten Roman und an der Publikation eines Bandes mit kürzeren Erzählungen.

Seit 2021 ist Erik Wunderlich gründendes Mitglied der Nature-Writing-Gruppe „DNS – Die Natur Schreibt". In seiner fantastisch gefärbten Prosa ergründet er die (nicht-)menschliche Sehnsucht nach Verbundenheit und nach Wildnis.

Das Verhältnis des Menschen zur Natur – etwa menschliche Projektionen auf andere Lebensformen – wird auch in seinem „Zwischenfall" immer wieder verhandelt. Hier zeigt sich, dass Erik Wunderlich es vermag, dies in eine Geschichte einzuweben, die dabei immer zwischen Elementen des Dokumentarischen, der Detektivgeschichte und der Fantastik oszilliert.

„Is dei Zamperl wieder amal davo?" beginnt er jetzt die
Unterhaltung, „no, lass'n laffa! Dir g'fallets aa nöt, bal ma di' allaweil
einspirr'n tat oder tat di' mit an Beißkorb spaziernführn. Da waarst
grad der Recht, mei Liaba! Die möchte i' seng – da Huaba mit an
Beißkorb."
Sein Bäuchlein hüpft vor Vergnügen, den anderen in einer
ungemütlichen Situation zu sehen.
Huber hat den Spott fast überhört, seine Gedanken gehen
langsamer; er sagt nur:
„Du kannst leicht lacha; bis' mi amoi strafa!"

(S. 14)

Cécil Joyce Röski
Inzwischen hingefallen (2021)

Grüßgöttin, Hallo, Servusch, ich bin wach und sehne mich nach einer Wundertüte vom Eis Center 2000. Überraschen Sie mich, ich bin für alles offen, auch für die abgefahrenen Sorten. Snickers oder Milchschnitte, kein Problem.

Streichel meinen Bauch.

Muss ich mich entscheiden, nehme ich immer das Gleiche: Stracciatella, Banane oder Joghurt.

Hier guck, mein Bauch.

Findest du nicht, dass Begegnungen sich natürlich ergeben sollten? Würdest du denn einfach auf dem Marktplatz zur nächstbesten Frau laufen und sagen Servus?

Servus ...

würden Sie mich unter Umständen zum Eis Center 2000 begleiten? Ich kann mir sehr gut vorstellen, wie Sie an einer Kugel Himmelblau züngeln, während wir nebeneinandersitzen und schweigen.

Mein Bauch. Streichel ihn.

Du hast gar nicht hingesehen, als wir Punkt 22 Uhr beobachten konnten, wie das große Plastikeis von Mister Streusel reingetragen wurde.

Mich juckt es, ohje, so doll, oh man, ach, tut das gut. Oh ja. Ich will, dass es niemals aufhört. Aah, eine Fliege.

Wer hat einen feinen Bauch?

Ich.

Wer hat den feinsten Bauch?

Ich.

Wer hat den allerfeinsten Bauch?

Ich.

Wer geht hier raus? Raus? Gehen wir raus? In den Wald gehen wir und hab' ich mich eingecremt? Nein. Hab' ich meinen Sonnenhut vergessen, mit dem ich aussehe, wie ein Kindergartenkind, das im Dreck pult? Ja.

Hier riecht's nach Hasenbein und ich muss dem nachgehen, warte nicht auf mich, ich unterwerfe mich meiner Nase und komme später nicht zum Abendessen. Wenn ich jetzt nicht gehe, bereue ich das für immer. Tschüsseldorf, bis dann.

Guck mal, ein Jesus im Kasten im Wald. Dem Armen sind die Hände gefesselt, siehst du, wie er leidet. Er muss Tag und Nacht im Wald zwischen den riesigen Bäumen stehen und darf sich nicht bewegen.

Ein Hund. Ein Hund. Ein anderer Hund. Ein Hund. Hund. Hund. Hund. Hund. Hund. Hund. Hund. Hund. Hund. Hund. Hund. Po.

Wenn ich gewusst hätte, dass ich heute jemanden treffe, wäre ich gar nicht erst losgegangen.

Hey na, wie geht's, was machst du, man, riecht das gut, ganz ehrlich, ich schnüffel' noch mal zur Sicherheit, ohja, wirklich richtig gut.

Auf gutefrage.net schreibt eine Frau: „Ich bekomme ganz friedliche Gefühle, wenn ich ein Kruzifix sehe. Geht es jemandem auch so?" Darauf antwortet ein Mann: „Nein, ganz im Gegenteil sogar. Ich bekomme das Bild nicht aus dem Kopf, dass man einen Menschen da dran hängt und wartet bis er tot ist. Das beruhigt mich überhaupt nicht, das ist schrecklich. Gruß."

Himmlischer Geruch, komm noch mal her, nur noch einmal, du darfst auch an meinem riechen. Guck hier.

Hör mir doch mal zu!

Nein, ich laufe diesem Hund jetzt hinterher. Vergiss mich einfach.

Nöhö.

Ich weiß gar nicht, ob ich mit ihr sprechen soll. Vielleicht hat sie sich heute vorgenommen, allein auf dieser Bank zu sitzen, eine nach der anderen zu rauchen und ihrem Hund Wurststücke zuzuwerfen.

Wage es nicht, zu ihr zu laufen, okok, du machst es trotzdem, okok, du frisst meine Leckerli. So schnell ist die Freundschaft vorbei.

Sie sagt, wir können zusammen in die Stadt spazieren. Sie riecht nach frisch gewaschenen Haaren. Orangenshampoo vielleicht? Ob sie eine richtige Pfaffenhofnerin ist, frag' ich sie, weil mir nichts Besseres einfällt. Dabei ist es mir doch völlig egal, wo sie geboren ist. Interessiert es irgendjemanden, dass ich in Henstedt-Ulzburg geboren bin? Ich hab' da ja noch nicht mal gewohnt. Da stand nur das Krankenhaus.

Du weißt ja nicht mal, wo ich geboren bin.

Doch, in Bulgarien.

Du weißt ja nicht mal, wie alt ich wirklich bin.

Geboren am 18. Dezember 2019.

Du weißt ja nicht mal, ob ich gerettet werden wollte.

Sie sagt, sie arbeitet im Schuhladen. Sie sagt, Diebstahl ist Diebstahl. Wir fahren mal zusammen hin, wenn sie frei hat, und kaufen Schuhe.

Wieso legst du dich ins Bett? Ich liege im Bett. Boa, soll ich jetzt auch noch Platz machen?

Ab.

Geh du doch ab.

Hopphopp, ins Auto. In Pfaffenhofen haben wir das Autofahren lieben gelernt und unser E-Auto klingt, als würde es jeden Moment abheben. Ist es zu warm?

Aus der Lüftung riecht es so gut, ich weiß nicht mehr, wo Zeit und Raum hin sind.

Wir wollen dahin, wo viele Bäume sind. An jedem Baum kannst du herausfinden, wer sich dort schon entleert hat. Ob Mann oder Hund. Ich setze die rote Stecknadel hinter die Klosterschenke in Scheyern und wir fahren los.

Es ist so warm.

Hallo.

Hey.

Hey.

Hallo.

Was machst du?

Google.

Streichel mich.

Gleich.

Streichel mich.

Du bist so ein liebes Hundel.

Ok, doch nicht.

Das Eis Center 2000 muss einen Millionenumsatz machen, den ganzen Tag laufen schleckende Zungen unter meinem Turmzimmer entlang. Viele essen Spaghettieis, ich verstehe das mit dem Spaghettieis. Als ich dich noch nicht kannte, sondern noch meinen Hund Thomas hatte, wurde ich wegen eines Spaghettieis' entlassen.

Aha, Thomas.

Ich hatte in dem Eiscafé Zum Holzwurm in Nahe angemerkt, dass das große und kleine Spaghettieis exakt gleich groß sind.

Und wie war dieser Thomas so? Cool? Fein? Beides?

Daraufhin wurde ich das erste Mal in meinem Leben gekündigt, mit vierzehn Jahren. Aber die sind danach eh pleitegegangen.

So im Vergleich, würdest du sagen, Thomas war feiner als ich?

*

Am Samstag sollten wir eine Party schmeißen, den Flaschlturm abreißen, richtig abhotten mit der ganzen Stadt.

Wir?

Ich hänge Plakate am Rathaus auf, ach was, meterlange Banner, auf denen ich alle 26.654 Pfaffenhofner*innen zum Abfetzeln im Turmzimmer einlade.

Zu laut, es ist zu laut. Dreh die Musik leiser. Hallo? Autsch, meine Ohren.

So, ich hab' auch schon meine Bekanntschaft aus dem Wald eingeladen.

Jesus?

Die mit dem anderen Hund. Hier nebenan gibt es doch diese WG, die lade ich als Allererstes ein. Wir klingeln da, lehnen uns locker lässig an den Türrahmen und.

Streich mich bitte von der Gästeliste. Ciao.

*

Bayern musik party hits modern.

Oh.

Oh.

...

...

Hilfe, sie hat geschrieben und gefragt, was wir Samstag trinken wollen.

*Gras, ein Grashalm, mehrere Grashalme. *würgt**

Bah, was ist das denn jetzt?

Ich habe mich übergeben.

Ja, das sehe ich, aber warum?

Die Musik war so schlimm.

Oh.

Ja.

Hmm.

Was ist?

Liebe Bekannte aus dem Wald, ich bin außer mir, leider ist mein Hund schwer krank, sie übergibt sich seit Tagen. So habe ich sie noch nie gesehen. Schweren Herzens muss ich unsere Megasausenfete am Samstag für immer verschieben. Pfiati, C.

Sie ist tot, ist zerfleischt worden von einem Mann, der ihr auf ihrem Spaziergang gefolgt ist. Diese folgenden Männer, die im Wald, die in der Stadt, die im Internet, ich kann riechen, dass sie nicht bloß nett sind, nicht bloß Hallöle sagen wollen.

...

Wie soll ich überleben, wenn sie mir keine getrocknete Rinderlunge mehr zuwirft? Werde ich erst verdursten oder erst verhungern?

Bin wieder da.

WO ZUR HÖLLE WARST DU? ICH HAB' MIR SOLCHE SORGEN GE-MACHT. ICH DACHTE, DU WÜRDEST IRGENDWO IN EINZELTEILEN HERUMLIEGEN.

Ich hab' einen Ausflug zu REWE gemacht und zwei Donuts gekauft.

WAS FÄLLT DIR EIN? Welche Sorte?

Ey, Schleswig-Holstein, haben sie gesagt, und ich hab' mich natürlich erst nicht angesprochen gefühlt, weil ich zwar aus Schleswig-Holstein komme, aber nicht so heiße.

Bekomme ich auch einen Donut?

Dann wurde ich zum Kaffeetrinken eingeladen und dann zum Bier und zum Bierbier. Die kommen auch aus Norddeutschland und wohnen jetzt in Pfaffenhofen, die beiden.

Die beiden.

Wieso stinkst du so?

Stress. Ich dachte, du bist tot und ich auch bald, aber du warst nur bei den beiden.

Joe Beiden.

Sitz.

Ich sitze. Ich sitze. Ich sitze.

Fein.

Ich hoffe, du gehst nie wieder ohne mich raus.

Nie wieder.

Vita Cécil Joyce Röski

Cécil Joyce Röski, geboren 1994 in Schleswig-Holstein, studierte am Literatur-institut in Leipzig. Veröffentlichungen in Literaturzeitschriften u. a. in Edit, Bella Triste und Metamorphosen. Cécil Joyce Röski schrieb das Drehbuch der histori-schen Webserie und arte-Produktion „Haus Kummerveldt", die 2024 mit einem Grimme-Preis ausgezeichnet wurde.

2023 erschien Röskis Debütroman „Poussi" im Verlag Hoffmann und Campe, der im Feuilleton Anklang fand und auf der Longlist des Deutschen Popliteratur-preis 2024 für Magic, Pop und Ewigkeit stand.

Der Roman inszeniert Sexarbeit in der Armutsklasse aus Sicht der Protagonistin Ibli, die in dem Bordell „Palast" lebt und arbeitet, und ihres Vaters, Lackschuh, dem ehemaligen Palast-Inhaber.

Sowohl im Roman wie auch im „Zwischenfall" offenbart sich Cécil Joyce Röskis Faible für faszinierende und außergewöhnliche Figuren, denen ein ganz eigener unverkennbarer Duktus und starke Lebendigkeit verliehen wird.

Aktuell arbeitet Röski am zweiten Roman „Trizeps Royal", dem Drehbuch für das Spielfilmdebüt „5 Lifehacks To Stop Being Poor", das von der Kulturstiftung des Freistaates Sachsen gefördert wurde, und an einer Idee für den queerfeministi-schen Abenteuerfilm „In der Not frisst der Teufel die Wurst auch ohne Fliegen", der mit der Talentfilm-Förderung des Kuratoriums für Jungen Deutschen Film ausgezeichnet wurde.

Cécil Joyce Röski lebt in Leipzig und veranstaltet zusammen mit Silva Bieler und Kristin Höller die queere Literaturshow „SMASH – Literatur und Karaoke" in Reudnitz.

Heißmanning

Retoure

GM '24

Es ist nun voller Herbst geworden. In den Bierkellern vor der Stadt, wo es sich im Sommer unter den breitschattenden und schirmenden Kronen der Kastanienbäume so gemütlich sitzt, häuft sich am Boden und auf den Tischen die leuchtende Stille der fächerigen Blätter. Es raschelt unwirklich, wenn man auf der Straße vorübergeht oder wenn die Hühner, die jetzt den Keller bevölkern, in den lockeren braunen Hügeln nach Nahrung scharren. In der dunstigen Luft duftet eine leicht klebrige Süße, die an herben, erschwefelten Bauernhonig gemahnt. Eine erhöhte Helle ist an sonnigen Tagen in der Landschaft, aber sie kommt daher, daß die Baumkronen ausgekämmter, dünner und lichtdurchlässiger geworden sind. Es ist nicht mehr das Rechte, und sogar das muntere und scharfe Geschrei der Buben, das, während sie von den Kastanienbäumen mit Steinen die Früchte herunterholen, wie wenn die Luft auch schalldurchlässiger geworden wäre, seltsam deutlich von den Bierkellern herein an die Häuser schlägt, trägt mit seinen schrillen Tönen ein erstes dünnes Frösteln und das fremde Verlassensein einer ungewohnten Melancholie über die Stadt.

(S. 91–92)

Anahit Bagradjans
**DORT WO ICH HINGEFALLEN BIN,
BLEIBE ICH LIEGEN (2022)**

Pfaffenhofen a. d. Ilm. Jemand hat mich auf eine Holzbank gesetzt. Links neben mir wächst ein krummer Baum, dessen Früchte rund sind und filzig. Sie haben eine gezähnte Krone, die vielmehr an die Klappfalle einer Karnivore erinnert als an ein harmloses Obst, zwischen Feige und Birne. Daneben reckt sich ein weiterer Baum, als würde er jemanden am Arm greifen wollen. Ich habe erst hier bemerkt, dass Bäume Ausdruck haben. Wie im Spätherbst ihre nackten Zweige gestikulieren, vom blättrigen Schutz entblößt, mir ihre scheinbar schmerzenden Glieder offenbaren, dem Laokoon nicht unähnlich, ähnlich willens ihr Leid zu ertragen. Ihre kleinen, roten Früchte hängen weiterhin und brav an den Fingern ihres Besitzers, während sich die Blätter schon vor Wochen und unaufhörlich, gelb und braun, neben meinen Füßen verteilen, die vor der Holzbank aufgestellt sind, seitdem mich jemand da hingesetzt hat. Bäume bluten auf eine dem Menschen unähnliche Weise, in Dantes Göttlicher Komödie nehmen Selbstmörder ihre Gestalt an. Im siebten Kreis der Hölle sehe ich, wie eine Harpyie ihnen etwas in den Mund legt: Menschen waren wir; jetzt sind wir Gestrüpp.

Rechts von mir steht ein kleines, weiß bestrichenes Häuschen. Über der Unteren Stadtmauer biegt es sich in eine Brücke, gymnastisch, Sockel und Schwelle sind zurückgewölbt, die Eckstreben stehen am Boden. In dieser Unterführung liegen Zigarettenstummel, liegen abgetragene Masken. Das Häuschen steht am sogenannten Platzl, am Rand der Pfaffenhofener Altstadt. Hier ist es still. Alles, was zwei Straßen weiter Geräusch ist, die Kaffeetassen, das Gelächter, das Kindergeschrei beim Wasserspiel, das Wasserspiel, ich, ist hier stumm. Auf diesem Platz stand einst ein mittelalterliches Bad an der Stadtmauer, die in das kleine, weiß bestrichene Häuschen mündet, in dem ich nun wohne. Der Kern steht hier seit dem 15. Jahrhundert, kurz nach dem Stadtbrand wurden Bauarbeiten anberaumt. Er ist einer der drei letzten von einst siebzehn Stadttürmen.

Vor mir, gegenüber der Holzbank, auf der ich sitze, ist in einem Viereck aus Stein ein Blumenbeet gegossen. Am Rand sind Rosmarin und Thymian gepflanzt. Auf dem alten Brunnen sammeln sich Kellerasseln, Relikte des einstigen Wurzgartens mit springendem Wasser, das jemandem als Sommerhaus gefiel. Er ließ auch das rote Mansardendach errichten.

Wer hier noch gelebt hat: ein Schäffler, ein Nachtwächter, ein Sackträger, drei Tagelöhner, ein Maurer. Außerdem: ein Gärtner, ein Scherenschleifer, eine Näherin, ein Dichter, und acht weitere, die es werden wollten, und ich. Vor einigen Jahren hat man das Häuschen saniert, restauriert, den verwilderten Garten hergerichtet. Drinnen führt eine alte, geschwungene Treppe hinauf, in das Arbeits- und Wohnzimmer. Dort stehen zwei Sessel, ein großer, viereckiger Schreibtisch und vier Stühle. An der Decke klebt bescheidener Stuck. Eine blaue Flügeltür führt hinein, vorbei an einer barocken Klinke. Samstags lege ich mein Ohr an die Wand und lausche meinem Nachbarn. Es gibt insgesamt zehn Fenster, die mal das Licht, mal den Wind hindurchgleiten lassen. Gegenüber geht es ins Schlafzimmer, unten sind Küche und Bad. Ich spüre, wie ich vom Anblick gesättigt bin, wie die Routine ein und derselben Sicht meine Rezeptoren zur Genüge angefüllt hat, wie Signale an mein Gehirn gesendet wurden, wie ich voll von Nährstoff bin. Herta Müller sagt: Man muss erst hungern, um seine Sprache zu finden; Hunger wird Motiv und formales Prinzip der Literatur.

Es ist ein kaltfeuchter Morgen Anfang November. Ich sitze auf der Holzbank im Garten. Hier draußen kann man mich sehen. Die Nachbarin, die Rennrad fährt. Die Oma, die mich regelmäßig darauf hinweist, dass mein Name noch nicht auf dem Briefkasten steht, die weiße Katze, die auf ihrem Kontrollgang immer denselben Weg durch den Garten zum Hinterhof des Kolpinghauses nimmt, das kleine Mädchen, das gedankenverloren singend auf ihrem Heimweg vorbeikommt. Heute werde ich begrüßt. Vor den metallenen Streben des Gartenzauns steht ein älterer Herr. Seine Haare sind schwarz, die Schläfen grau meliert. Durch eine eckige Brille schauen kleine Augen gütig drein. Brauchst Du einen Kurier? Nein, vielen lieben Dank, sage ich. Ich kann wirklich keine Nachrichten gebrauchen. Und einen Stadtführer? Ich verneine wieder, indem ich nichts sage und geduldig über den Gartenzaun lächle. Vermutlich hätte ich Ja sagen sollen, denn er weiß von aufregenden

Dingen zu erzählen. Unter der Stadt, sagt er, gäbe es ein Netz von geheimen Tunneln, von der Kirche für den Schmuggel von Wertsachen eingerichtet. Dann pausiert er. Ich senke den Blick, wahrscheinlich in Richtung der Tunnel und lächle weiter. In Pfaffenhofen, setzt er wieder an, im Zweiten Weltkrieg. Ein junger Mann, der Sohn eines Schreiners, war der erste Soldat, der im Zweiten Weltkrieg gefallen ist. Zwanzig Jahre alt. Er lässt das Bündel mit den Zeitungen wippen. Und der Letzte wiederum, das war der Schreiner selbst. Als die Amerikaner in die Stadt kamen, wurde er von einer Kugel erwischt, da hat er gerade sein Fahrrad repariert. Ob es die Amerikaner waren, unabsichtlich, oder die Nazis mit Absicht, sei unbekannt, aber das sei jedenfalls die Geschichte. Das Alpha und Omega eines Krieges in einer einzigen Familie. Dann verabschiedet er sich und lässt mich weiter auf der Holzbank sitzen. Er muss ja den Kurier verteilen.

Mir ist kalt. Hier draußen regt sich ein Wind, rau, in dieselbe Richtung, in die ich schaue. Er treibt das Laub vor meinen Füßen zur Stadtmitte, Sediment einer Jahreszeit, ein einfacher Kompagnon. Ich folge ihm, gehe über eine Ecke aus dem Garten hinaus. Auf dem Platzl heben sich die gelben Säcke wie Luftballons Richtung Himmel, jemand hat Geburtstag. Erst hatte ich gezögert, als der Wind mich an die Hand nahm, ich wollte hier sitzen bleiben.

Auf der einen Seite des Platzls werden Häuser saniert, Kräne erfrieren, auf der anderen fällt der Putz ab, und in der Kneipe im Erdgeschoss trinkt niemand mehr, es haben längst alle schon. Ich richte meinen Blick wieder auf die Straße, und der Wind dreht sich zu mir um. Auf der Ecke Münchener wird samstags Kaffee getrunken, nachdem man auf dem Markt war, frisches Brot und Gemüse. Die Hunde sind an Leinen gehalten. Am Horizont kann ich schon die weitläufige Fläche des Hauptplatzes sehen.

Hier spüre ich, dass mein Körper nur ungenügend versorgt ist, ich war nicht oft hier, bald werden mir Botschaften gesendet. Der Hauptplatz ist rechteckig in die Altstadt gesetzt, und die Häuser darauf mühsam in Reih und Glied, strammstehende Soldaten in Pastell, leuchtendes Blau, zartes Mint, Rosa,

Vanille, Flieder, alles ist Bonbon, ist Zuckerwatte, Zinnsoldat, hier werden Kinder geboren, hier wird freundlich gelächelt. Ich stehe am unteren Rand des Platzes und halte mir die Augen mit beiden Händen, noch knurrt in mir nichts, noch kontrahiert nichts, keine Leerstände zu melden, kein Appetit.

Auf der Holzbank vor dem Rathaus bin ich eingeschlafen. Ein bisschen einschlafen, den Körper senken, die Temperatur, alles fließt jetzt langsamer. Als ich aufwache, hat mich jemand an ein Gleis gestellt, wie ein stehengelassenes Gepäck, das nicht weiß, wann es abgeholt wird.

Ein trüber Abend. Seit dem Mann am Gartenzaun sind einige Wochen vergangen. Jetzt steht er wieder dort und hat eine neue Geschichte. Es habe vor mir, in diesem Haus, ein Mädchen gewohnt, meine Vorgängerin. Sie hatte dunkles Haar, wie ich, und große Augen. Sie habe ihm von ihren Plänen erzählt. Ob ich schon einen Zwischenfall erlebt hätte? Er meint, wie ich saß das Mädchen meistens auf der Holzbank, nur ein Stück weiter links. Sie habe einen Auftrag gehabt und ihrer Familiengeschichte nachgespürt. Ihr Urgroßvater sei als sowjetischer Soldat in Deutschland gefangen gewesen, in einem KZ-Außenlager. Es gäbe eine Fotografie von ihm, in Häftlingskleidung, mit blauem Dreieck. Unten auf dem Bild sei eine Handschrift zu erkennen gewesen. Sein Name, Geburtsjahr, und darunter: Konzentrationslager Fürsten, dort sei die Fotografie abgerissen. Sie sei auf der Suche nach ihm, nach seinem Namen, nach Fürsten in Lagern, Kriegsgräberstätten und Archiven. Ihre Familie wusste nur, dass er es wohl geschafft hatte, in die USA zu gelangen. Dass er dort gelebt habe, unerreichbar durch den Eisernen Vorhang. Sie habe es naheliegend gefunden, dass seine Gefangenschaft von Amerikanern beendet wurde. Irgendwo im Süden also. Darum sei sie hier gewesen, in Pfaffenhofen. Nicht weit von Dachau, KZ-Außenlager Fürstenfeldbruck.

Um meinen Hunger zu stillen, trete ich vor die Tür, laufe die Untere Stadtmauer entlang bis zur Münchener, überquere den Markt, kürze meinen Weg in der Unterführung beim Müllerbräu und gelange zur Türltorstraße, zum Supermarkt, wo ich meinen Einkauf mache, der ablenkt, aber auch mühsam ist, weil man so oft muss.

Mir reicht oftmals die Erinnerung. Ich suche in meinen Ablagen die vergangenen Versionen, Reserven, die sich im Papierkorb stapeln, und die ich links liegen lassen habe, wie den Aschenbecher auf der Holzbank im Garten, wie das Laub neben meinen Füßen.

Jemand hat mich an ein Gleis gestellt, jetzt bin ich am Bahnhof. Ich höre, dass es in mir knurrt, und bevor es zu laut wird, springe ich in eine Pfütze. Dort bricht sich das Geräusch, wie in den Straßen vor dem Platzl. Ich streite mit dem Wasser um Luft.

Das Salverbräu, das Kolpinghaus, das Schreibwarengeschäft und den Tabakladen habe ich links liegen gelassen, wie auch den kleinen Baum vor dem alten Mesnerhaus, dessen Krone und Wurzeln gleichmäßig wachsen sollen, gegen die kommende Dürre. Den Naturkostladen, das Weberhäusl und einige Wollgeschäfte habe ich keines Blickes gewürdigt. Genauso das Nagelstudio, das Lebzelterhaus, das Gymnasium. Ich habe dem alten Mann nicht hinterhergeschaut, der jeden Abend an meinem Küchenfenster vorbeikommt, langsam die letzte Zigarette rauchend. Ich habe den blonden Jungen nicht gesehen, der an der Bocciabahn Gummibärchen isst. Nicht die Mutter, die am Marienbrunnen ihrer dicken Tochter die Haare aus dem Gesicht streicht, Miami, der mir mit schiefem Mund sein Glück andreht. Die ältere Frau, die den städtischen Müll kontrolliert, ihr gekrümmter Rücken, die Kurzhaarige, die sich vor Doppelgängern fürchtet. Die Straßen hier sind breit und leer, und auf der einen ist Sicht.

Ein Blick in Richtung Himmel. Keiner reckt sich, bloß Sonne, schimmernd, wie an jedem Morgen, obwohl es Abend ist. Ich stelle mir meine Vorfahren als brennende Bilder vor, jemand hat sie in den Kamin geworfen. Der Mensch, der mich an das Gleis gestellt hat.

Ich wende meinen Blick ab, um nicht auszuhungern, setzt man an, kann man die Hebungen beobachten, die Augen sind groß, die Ohren, der Hungernde hat keine Zeit. Meinen Blick abwendend, ernähre ich mich von meiner Erinnerung, die klackernden Kuchengabeln beim Bäcker Bergmeister, die betrunkenen Rufe beim Centro, das Knistern der Einkaufstaschen im Supermarkt.

Wir wissen von dem jungen Mann, dass er zwischen 1914 und 1915 geboren wurde, irgendwo in Kleinasien, Westarmenien, der heutigen Osttürkei. Er war einer der vielen Waisenkinder, ein Säugling ohne Namen, ohne die Möglichkeit, sich an die Stimmen seiner Eltern zu erinnern, wie sie ihn aussprechen. Er überlebte in den Armen einer europäischen Missionarin, die ihn als Mädchen ausgab. Mädchen verüben keine Blutrache, der Befehl, die Neugeborenen zu töten, galt für sie darum weniger streng. Ich stelle mir die Missionarin als zarte Dänin vor, blonder Zopf, zurückhaltende Handgriffe. Wir wissen auch, dass er eine Frau hatte, und einen Sohn. Sein voller Name ist in zehn verschiedenen Schreibweisen möglich, in vier Sprachen, die er benutzt haben könnte.

Der Weg, den ich nehme, die Steine, auf die meine Füße aufschlagen, wirken abgetragen, ich stelle sie mir zurückgelassen vor, wie die Zigarettenstummel in der Unterführung, wie Risse auf der Haut meiner Erinnerung. Das platte Tönen hindert mich am Fallen, und die Steigung am Hauptplatz muss man ausgleichen. Ich stelle mir vor, wie es wäre, mich im Kamin zu verbrennen, wie ein altes Bild, das jemand hineingeworfen hat. In den Rissen meiner Erinnerung eine Bestimmung gefunden: Ich, als aphasisches Findelkind, aufgewachsen unter Wölfen, das der Stadt mit einem Mal entschwunden ist.

Ich folge dem abschüssigen Weg, der mich den Boden mal aufatmen, mal abatmen lässt. Oben ist schimmernde Sonne und Sicht. Hier bin ich Vorüberziehende, hier gehe ich auf den Wunden der Stolpersteine, an scheinbar zerbrechlich wandernden Orten, umher. Unten bin ich, eingewandert, gescheitert.

Ich setze einen Riss in die Haut meiner Erinnerung. Das hungernde Mädchen, dessen Körper mir mit der Stadt entschwunden ist, an der hölzernen

Theke vom Café Agil, an der hölzernen Schaufel vom Mühlrad, objets trouvés einer oberbayrischen Kleinstadt; der künstlerische Akt liegt in der Auslese, liegt im Fund des künstlerischen Potenzials.

Manchmal verlasse ich den Bordstein, ziehe mich zur Mitte der Straße, und die sich ändernde Perspektive lässt meine Erinnerungen überkochen, lässt die benötigten Reserven atmen, die sich aufopfernden Muskelmassen, das körpereigene Protein und anderes Gewebe. Meine Sicht lässt sich grundsätzlich nicht unterdrücken, aber dämpfen kann ich sie, zügeln.

Der Mensch, der mich ans Gleis gestellt hat, hat Risse unter den Augen. Sie werden länger, als ich aufwache. Nach kürzester Zeit werden Radikale gebildet. Sie greifen die Haut an, wir verlieren Elastizität, und folgen der Schwerkraft nach unten.

Immer wieder Bilder in Schwarzweiß, von Menschen, die lange schon tot sind. Auf diesem hier ist ein junger Mann von zwanzig oder dreißig Jahren. Er schaut in die Kamera, mit Augen, den Mund zu etwas geformt, das kein Lächeln ist. Sein Kopf ist leicht nach rechts geneigt, auf dieser Gesichtshälfte ist Schatten. Das Haar ist dicht, ordentlich nach hinten gekämmt. Er hat ein zartes, symmetrisches Gesicht, ich finde ihn schön. Er wirkt intelligent und zugleich auf eine Art naiv, als könne er Geige spielen, er muss gerne gewartet haben. Sein Blick scheint nicht fernzugehen, dennoch sehe ich Nachdenklichkeit in den Augen, eine Trauer ohne Schmerz. Ich stelle ihn mir als Träumer vor, als hätte er nichts erlebt, was er bedauern müsste.

Es ist offensichtlich, dass das Bild kein Original ist, bloß die Fotografie einer Fotografie, kurz unterhalb des Kragens abgeschnitten, der gestreift ist, vielleicht schwarzweiß oder blau. Über das Bild gehen Risse, horizontal, als sei es oft gefaltet worden, geöffnet, um es anzusehen, geschlossen, um es nicht sehen zu müssen. Von einem Sohn vielleicht, fern, und diesseits des Eisernen Vorhangs. Am unteren Rand sind drei Zeilen in armenischer Schrift zu erkennen. Ein Name, eine Jahreszahl, ein Ort. Dort ist es abgeschnitten. Als hätte der junge Mann es so gewollt. Zu wenig, um jemanden zu finden, aber genug, um sich auf die Suche zu machen.

Auf der Holzbank vor dem Rathaus sitzt ein älterer Mann, das Gesicht voller Nähte, geflickter Risse. Mit zunehmender Schwerkraft wird er noch langsamer sein; wer unschuldige Hände hat und reinen Herzens ist.

Irgendwann setzt die Stadt einen Riss in die Haut meiner Erinnerung, und ich sehe, dass sie um mich begrenzt ist, dicht genug, dass ich den Übergang von Wirklichkeit und Halluzination nicht mehr sehen kann, in dem plötzlichen Drang nach Bildsuche, Nahrungsaufnahme. Und während ich zu zittern beginne, erinnere ich mich, dass das menschliche Gehirn auf Reserven programmiert ist. In diesen Rissen eine weitere Bestimmung gefunden: Ich, fortan als Hungerkünstlerin, Schaustellerin, mein zurückgelassener Blick an einem trüben Abend.

Unter meinen Augen sind Risse. Vorhin hing dort noch ein Bild. Es ist mir heruntergefallen, als mich jemand an das Gleis stellte, gegen den einfahrenden Zug. Auf dem Bild: ein aphasisches Findelkind, aufgewachsen unter Wölfen, mit Augen, und den Mund zu etwas geformt, das kein Lächeln ist. Jetzt sitzt es auf den Gleisen und würde die Stadt verlassen.

Je länger ich ihm in die Augen sehe, desto unwahrscheinlicher wirkt es, dass er gelebt haben soll. Dass mein Urgroßvater dieses Leben gelebt haben soll, von dem wir wissen: als Waise im Genozid, als Gefangener im Konzentrationslager. Zeuge der großen Katastrophen, doch immer gerettet.

Die Sonne entfernt sich, genauso der Abend. Ich stehe auf dem Hauptplatz, schaue in Richtung oben und sehe die brennenden Bilder meiner Vorfahren, die jemand, ich, in den Kamin geworfen hat.

Vita Anahit Bagradjans

Anahit Bagradjans wurde 1995 in Krasnodar in der Russischen Föderation geboren. Sie studierte Critical Studies an der Akademie der bildenden Künste Wien, Sprachkunst an der Universität für angewandte Kunst Wien und Feministische Kommunikationswissenschaft an der Universität Wien, mit Austauschsemestern an der Universität der Künste Berlin (Szenisches Schreiben) sowie an der Accademia di Belle Arti Florenz (Malerei).

2022 wurde sie für ihre Kurzgeschichte VON OBEN GESEHEN SIND ALLE TOTEN HAARLOS mit dem Hauptpreis der EXIL-Literaturpreise der Stadt Wien ausgezeichnet. 2023 war sie Stipendiatin der Autor:innen-Werkstatt des Literarischen Colloquiums Berlin und zur Werkstatt des Retzhof-Preises für junge Literatur eingeladen. Neben der Möglichkeit, sich mit ausreichend Zeit auf das Schreiben zu konzentrieren, beförderte der Aufenthalt im Flaschlturm im Jahr 2022 ihr Selbstverständnis als Schriftstellerin.

Anahit Bagradjans arbeitete bei verschiedenen Kunst- und Kulturinstitutionen, unter anderem dem Suhrkamp Verlag, dem Schauspiel Hannover, den Berliner Festspielen, der Lettrétage Berlin und dem Spector Books Verlag. In den kommenden Spielzeiten wird sie außerdem am Maxim Gorki Theater Berlin mitwirken.

Am nächsten Morgen schon geht fühlbar jener Hauch von
Kunstbegeisterung durch Kleindlfing, der am Abend vorher, im
Nebenzimmer der Brauerei zum Bortenbichler, in den bierseligen
Herzen der Bürger erwacht ist.
Vor der Kirche bleiben nach der Achtuhrmesse die alten Weiber
stehen, legen die Hände vor dem Bauch übereinander, machen
Hühnergesichter und besprechen so lebhaft dies neueste Ereignis,
daß die gotischen Spitzen ihrer Kapotthütchen aufgeregt zittern.

(S. 188)

Christina Piljavec
Der Zwischenfall (Eine Episode aus und mit 8 Personen) (2023)

Tag 1

Achtzig Zehen ziehen Furchen durch den Schnee. Sie stoßen durch die zentimeterhohe weiße Decke, dringen in sie ein, lassen sie knirschen und werfen hie und da achtlos einen Schub Schneeflocken vor sich her. Achtzig Zehen hinterlassen sechzehn Fußabdrücke und acht klamme Fußpaare, an denen acht Personen hängen, die sich ihren Weg zu neuen Ufern bahnen. Die Schneedecke: eine weiße Leinwand für die glänzende Zukunft der acht Personen, die alle zweieinhalb Meter durch gelbe Spritzer im Schneeweiß unterbrochen wird. Winzige Realitätseinbrüche in der makellosen Reinheit des eisigen Niederschlags, den Mutter Natur üblicherweise Ende des Jahres auf die Erde und die Dächer und Körperdächer und Köpfe der Erdenbewohner wirft, von denen zwei die restlichen sechs Köpfe anführen, auch wenn sie das nie ganz zugeben würden. Sabine und Jörn von Rauschenbach, ordentliche Mitglieder eines Vereins, der im bayrischen Schnee Pfaffenhofens an der Ilm seine Geburtsstunde feiern würde.

Als das Knirschen verstummt und achtzig Zehen an sechzehn Füßen der acht Personen zu einem einzigen Stillstand kommen, ist es andächtig ruhig. Kein Vogel, kein Auto scheint den Neuanfang klanglich besudeln zu wollen. Lediglich ein Ast in der Ferne entlässt entkräftet einen Schub Weißes und markiert den Auftakt für Jörns erste Rede des Tages:

„Aurelie, Nouria und Dawid, Danijel, Torge, Kim und liebe Sabine. Hier in Pfaffenhofen möchten wir uns als Gruppe finden, um unser baldiges Zusammenleben als Gleichberechtigte zu erproben." Und dann spricht Jörn von den soziokratischen Strukturen, die sie leben wollen und einer neuen Art des Beisammenseins im Für- und Miteinander und dass nicht alle für einen Prozess des spirituellen, körperlichen und sozialen Zusammenwachsens geschaffen seien, weil seit Jahrhunderten die kapitalistische Welt Sturheit und Egozentrismus rühme und Aufopferung für die Gesamtheit tadele. Jörn spricht viel über Ziele, Träume, Aufrichtigkeit, Nachhaltigkeit und Herausforderungen, über die Soziokratie, über das Wir-entscheiden-gemeinsam, was sich hinter dem Wort verberge, dass die hierarchie- und klassenlose Gleichwertigkeit aller Beteiligten im Vordergrund stehen werde, und was es brauche, um ein ordentliches Mitglied – wie Sabine und Jörn – zu werden im Unterschied zu bloß investierenden Mitgliedern. Jörn trägt seine Rede mit dem Rücken zur Gruppe vor. Er möchte sich nicht abheben, nicht von der Kanzel sprechen, er ist einer von acht und markiert das durch seine Körperhaltung. Lange hat er überlegt, was er wie und wo sagt. Jörn hat eine Hand am metallenen Zaun. Die andere untermalt seine Worte, indem sie mit besonderer Bedeutungsschwere die Handfläche gen Himmel richtet und sich auf Jörns Schulterhöhe erhebt. Keine Passanten wagen es, die Gruppe zu unterbrechen. In den Nachbarhäusern lugen regungslos Augen hinter Gardinen hervor, als wären es Pappaufsteller. Sie beobachten amüsiert Jörns erbauliche Performance.

Was Jörn in seiner Rede verschweigt, ist der monatelange Streit mit dem Besitzer des Hauses, in dem die achtköpfige Truppe zwei Wochen zu verbringen plant. Acht Personen auf zwei Zimmern. Achtzig Zehen und sechzehn Füße auf der schmalen Holztreppe. Sechzehn Lungenflügel, die feuchte Luft in die Wände des denkmalgeschützten Hauses pumpen. Nein, das war dem Besitzer des sogenannten Flaschlturms ganz und gar nicht geheuer. Und so verstieß Jörn gegen das Gruppen-Credo und § 3 seiner eigenen Satzung. Er beschloss zu lügen, dass sich die denkmalgeschützten Balken biegen, gab den Telefonhörer seiner Frau Sabine, welche nicht mehr als zwei Personen unter ihrem Mädchennamen in den Flaschlturm einmietete. Sowohl Jörn als auch der Besitzer atmeten – wahrscheinlich sogar im genau gleichen Moment – auf. Letzterer war der festen Überzeugung, der Menschenflut an Sonderlingen knapp entkommen zu sein; Jörn war der festen Überzeugung, es käme auf eine letzte kleine Lüge vor dem großen Neubeginn dann auch nicht mehr an. Im Mittelalter gehörte das Abschneiden der Zunge zu den Leibesstrafen. Die Verstümmelung hatte metaphorische Bedeutung: So, wie eine abgehackte Hand den Dieb verriet, war die abgeschnittene Zunge das Brandmal der Lügner. Wobei Vorsicht geboten ist. Denn die Definition von Lüge und Wahrheit war damals wie heute Auslegungssache. Auch der Teufel redet mit Engelszungen, wer Böses im Schilde führt, beruft sich allzu gerne auf das Gute, vielleicht weil er es nicht besser weiß oder wissen möchte. Jörns Zunge jedenfalls glitscht in Gänze und Kreisbewegungen seinen Mundraum entlang und versucht, nach seiner ausschweifenden Rede, ein Grundlevel an Feuchtigkeit wiederherzustellen. Auf seinen Zähnen liegt ein rauer Belag vom

Tabakdunst seines einstigen Architektendaseins und die braunen Zahnzwischenräume zeugen von Jörns beruflicher Hochzeit in den wilden Siebzigern, wo vergilbtes Eierschalennikotinweiß zur Grundpalette des Lebens gehörte.

Die acht Personen geraten nach minutenlangem Ausharren und leichter Schneeschicht auf den Schultern in Bewegung. Jörns Hand schiebt das Metalltor des Flaschlturms auf und kämmt mit den Torzähnen der auf dem Boden befindlichen Schneeschicht einen akkuraten Seitenscheitel. Drei Meter prozessiert die Gruppe unter den supervisorischen Gardinenaugen. Sabine schließt das Tor und die Gruppe ab. Sie verwischt die vielen Fußspuren mit ihren Schneestiefeln, um Jörns Lügenkonstrukt zu untermauern, und kämmt dem Bodenschnee seinen zerzausten Seitenscheitel zurecht. Zwischen ihren rosigen Wangen formt sich ein schmaler Mund zum optimistischen Lächeln. Einzelne graublonde Haare haben den Weg vom Kopf zum Mund hinter sich gebracht und nutzen die lähmende Kälte, ihre Haarspitzen in Sabines Mund zu wärmen. Haarsträhnen hängen in Sabines Mund und in der Luft eine Stimmung des Aufbruchs. Sabine hat als Psychotherapeutin im Ruhestand über die Jahre ein außerordentliches Gespür für Stimmungen entwickelt. Mit ihrer reinen Erscheinung ist sie qua Berufung die perfekte Projektionsfläche für fremde Gefühle, manche würden sagen, sie habe eine engelsgleiche Aura, die zum aktuellen Zeitpunkt lediglich durch die abtrünnigen Haarsträhnen ihrer Perfektion beraubt wird. Sie ist eine Frau, die einen mit ihrer in sich ruhenden Stimme beinahe sediert, aber nie zu viele Worte wählt und stets absichtslos einen Geruchsschleier frisch gewaschener Wäsche nach sich zieht. Sie bildet nicht nur den Abschluss der Gruppe, sondern auch den perfekten Gegenpol zu ihrem etwas zerzausten, verbrauchten, Reden schwingenden Ehemann Jörn.

Der Gang zur Tür des Flaschlturms gleicht einer Neugeburt der acht Personen und dem Geburtenkanal, den es zu passieren gilt, komme, was wolle. Jörn, die Fruchtblase, die sechs nach ihm der rohe, irgendwie unfertige Säugling und schlussendlich Sabine in der Rolle der Nachgeburt. Gemeinsam dringen sie in den Bauch des Flaschlturms ein, um als neue Gemeinschaft wiedergeboren zu werden. Jörn und Sabine haben als Empty-Nesters ihr neues Baby gefunden, ja sogar sechs davon auf einen Schlag. Als alle den

Türrahmen passieren, ist die Atmosphäre elektrisiert wie kurz vor einem Gewittersturm. Vielleicht ist es auch nur die Enge des Flurs, der unter keinen Umständen für acht Personen gedacht war. Jörn und Sabine bewerten die Enge des Raumes als gutes Omen, ihre Augen treffen sich, sprechen zueinander und sagen dasselbe: hier wird Großes zur Welt gebracht. Die Gedanken der anderen sechs Personen drehen sich vornehmlich um die Holztreppe, die sich in Ermangelung an Platz in vier Fersen und das Treppengeländer in zwei Wirbelsäulen rammt. Dawid steht bereits auf der Mitte der Treppe, seine Partnerin Nouria steht knapp unter ihm. Mit Blicken und einem festen Händedruck versucht sie ihm zu signalisieren, dass es keine Hierarchie geben darf in dieser Gemeinschaft und sich Dawid allein körperlich mit seiner vorschnellen Eile, alle Räume zu erkunden, über die Gruppe stellt und dass Nouria Dawids Alleingang und Ego-Ding wie so oft unangenehm sind. The medium is the message, also legt Nouria alles Gemeinte und im ersten Semester Kommunikationswissenschaften Gelernte in ihren Blick. Dawid versteht nichts davon und bewegt seinen Körper Millimeter für Millimeter, wie in Zeitlupe, kaum merklich die Treppe weiter hoch. Er nennt sich selbst Lebenskünstler und um sich Lebenskünstler zu nennen, bedarf es natürlicherweise einer verzerrten Selbstwahrnehmung. Millimeter für Millimeter kocht in der Küche Aurelies Angst hoch. Ihre Rosea bedeckt die Wangen und mischt Kälte- und Panikreaktion zu einem rosigen Rot zusammen. Aus der Küche heraus sieht sie sieben Personen, sieht Enge, sieht Körperwärme, sieht Atem als Kondenswasser die Wände runtertropfen, sieht, wie alles feucht wird und ineinander zerfließt, wie sieben Körper in formloses Gemenschel morphen, in das wutentstellte Gesicht ihres Vaters. Sieht seine Halsschlagader oder Torges Cargohosenbein, beides oder eines oder beides als eins bebt und zittert und das war halt immer so, wenn Vater zum Schlag ausholte, wenn ein Lichtblitz durch Vaters Augen oder Danijels Uhr oder beides oder eines oder beides als eins schoss und als es Zeit war, zu büßen und Aurelie sieht durch Vaters Augen oder beides oder dank Danijels Uhr, dass es vor fünf Stunden allerhöchste Zeit war, ihre Antidepressiva einzunehmen. Als sich ein Körper vor Vaters Gesicht stellt, ist es Kim und in Kims Hosenrocktasche vibriert ein verbotenes Handy, auf dem die Redaktion, in der Kim arbeitet, danach fragt, wann und ob erste Ergebnisse Kims Investigativ-Reportage über alternative Lebensentwürfe einer sich abspaltenden Gruppierung eintrudeln würden. Dabei wird Kim, ob der Dringlichkeit der Lage, mehrfach misgendert, aber they kennt es nicht anders kurz vor Redaktionsschluss. Torge tastet unbemerkt seine unzähligen Cargohosentaschen ab in der Befürchtung, sein Handy vibriere. Doch neben ein paar knisternden Tütchen Gras findet er bloß die Gewissheit, dass er sein verbotenes Handy doch tief im Rucksackboden verschanzt haben muss. Jörn und Sabine bemerken im Taumel des Neubeginns kein vibrierendes Handy, wahrscheinlich würden sie sowieso denken, es wäre die knisternde Stimmung, die sich in eine euphorische Vibration übersetzt. Und Danijel? Der ist noch voll auf MDMA und drückt seine Fersen als Ankerpunkte in die Holztreppe, um nicht in eine horizontale Erschöpfungslage zu fallen. Der Gruppe sagte er, es habe ein Konzert in München gegeben. Der Gruppe sagte er auch, dass er Gitarre spiele. In Wahrheit war wenig davon wahr. Danijel baut ab und an drittklassige Beats aus Fieldrecordings (also z. B. Müllabfuhrpiepen), spielt seine Beats auf Clubtoiletten komplett drauf anderen vor, die, wie es Clubtoiletten an sich haben, alle in Ekstase lallen, aus ihm werde mal ein großer Beatmacher und er solle doch Insta-Handle geben, denn man kenne ja unter Umständen wen, der wen kenne und man kennt's, einen Schlafplatz habe man zumindest sicher im Falle des Falles eines Gigs. In Wahrheit war Danijel gestern in dem einzigen Club Pfaffenhofens: der Heimatliebe. Er pfiff sich seine Teile rein, trank bunte Getränke, redete mit niemandem und kotzte unbemerkt in einige Sitzecken. Ein Ausgeh-Abend wie viele in Danijels Leben am Limit. Doch als er gegen kurz vor sechs Uhr morgens den DJ anpöbelte, er solle nicht alle dreieinhalb Sekunden den Track wechseln und dass die QR Codes der Heimatliebe-Dating-App nicht funktionierten, wurde der Abend dank des furchtlosen Einsatzes der Security für Danijel jäh beendet. Er schlurfte seinen schlaffen Körper durch Felder, versuchte noch, die Heimatliebe-Dating-App und damit irgendwie die Wut auf den Abend zu löschen und bemerkte mit betäubter Panik, dass er um acht Uhr ja die Sieben am Flaschlturm treffen musste. Nachdem er eine gute halbe Stunde fälschlicherweise vor dem brach liegenden Hungerturm wartete und sich Gedanken um die Heizsituation dort machte, fand auch Danijel auf den richtigen Weg zum richtigen Turm, zur Gruppe und in den ersten Tag eines vermeintlich alternativen Lebens.

„Schreibt ein Liebesgedicht. Aber schreibt es an euch selbst", haucht Sabine sanft in die Runde. „Wir können nur in Selbstliebe eine funktionierende Gemeinschaft bilden, die mit sich und der Natur im Einklang ist, denn auch die Natur besteht aus Selbstliebe und kann erst dadurch ihre tägliche Fürsorge leisten. Es geht um Balance, um Introspektion, um eine Seelenreise zum Mittelpunkt des Seins und Werdens, die wir als Gruppe erst antreten können, wenn jeder von uns seinen individuellen und nachhaltigen Pfad zum gemeinsamen Ziel gefunden hat. Also beginnen wir, unsere Lebenspfade hier und jetzt zu vereinen."

Tag 2

Weihnachtsmänner, Nikoläuse und abgetrennte Engelsflügel, die wie flauschige Zähne von der Decke hängen. Hinter der massiven Theke aus Eiche rustikal stemmt die Wirtin ihre geschwollenen Ellenbogen und tiefschwarze Dauerwelle auf den Tresen. Es riecht nach Tabak und eigentlich ausschließlich nach Tabak. Obwohl der Raucherraum durch ein Türschild ins Woanders verlagert ist, werden nach Feierabend wohl mitunter in jedem Raum die Glimmstängel entfacht. Am „Stammtisch!" sitzt ein ausgebrannter Herr mit grauem Pferdeschwanz. Torge sitzt mit seinem dunkelbraunen Pferdeschwanz vor einem von zwei Spielautomaten. Was gestern niemand wusste, war, dass der Ort, an dem man sein Liebesgedicht an sich selbst schreiben sollte, der spätere Schlafplatz werden würde. „Genüüüüügsamkeit", betonte Jörn und dass der Schreibort symbolisch für einen mentalen Ort und individuellen Startpunkt stünde, von dem aus jeder der acht seine Reise zum Gemeinsamen beginnen müsse, ganz gleich wie strapaziös. Also jeder außer Jörn und Sabine, die im Wissen um die eigene Prämisse sich das einzige Doppelbett des Flaschlturms unter den Nagel rissen. Für Torge, der eigentlich draußen insgeheim eine rauchen wollte, wurde ebendieses winterliche Draußen zum Schlafplatz. Niemand hinterfragte Torges scheinbare Entscheidung, denn in seiner Bewerbung als eine der acht Personen gab er sich als radikaler Naturbursche. Der radikale Naturbursche verbrachte die Nacht in Bussen, Regionalbahnen und sobald im Jungbräu das bunte Licht der Spielautomaten anging, eben dort. Sein Liebesgedicht an sich selbst bestand aus drei Worten: „Es ist kalt". Später fügte er noch ein „so" hinzu für den Satzfluss. Noch später ließ er den verbrauchten Herrn am „Stammtisch!" Liebesgedichte googlen und schrieb sich das schlechteste ab, um am wenigsten aufzufallen. Der verbrauchte Herr würdigte Torge keines Blickes und Wortes. Am Nebentisch würdigten sich die Herrschaften keines Blickes und Wortes. Die nur wenigen Laute konnte man als Bierbestellungen klassifizieren. Nach einem riesigen Joint war Torge sowieso zu keinem Blick oder Wort fähig und fügte sich ganz gut in die Gesellschaft. Er setzte sich an den Spielautomaten, der ihn durch seine bunten Farben und Zahlen, die Farben haben, magisch anzog. Torge sitzt vorm Spielautomaten, starrt und bestellt aus Versehen mit einem Kehlenlaut, der ihm entgleitet, ein Bier. Niemand in dieser Gaststätte weiß um die Uhrzeit, am wenigsten Torge. In solchen Wirtschaften wie dem Jungbräu ist Zeit eine Rauchschwade, die allgegenwärtig ist, aber nichts zu melden hat. Zeit wird in Bieren und Bierdeckeln und Bestelllauten und müde sackenden Augen gemessen. Und nach dieser Zeitrechnung ist es für Torge jetzt Zeit zu gehen. Aus einer verwaisten Weißwurst-Terrine schnappt er sich eine einsame, lauwarme Wurst und die angebissene Brezen daneben, klopft zum Abschied auf den Tisch, erhält keinerlei Reaktion und so macht sich der selbstproklamierte Naturbursche auf den Weg zum Flaschlturm.

Vor der Tür des Flaschlturms sitzt Danijel und stochert in warmer Asche rum. Wenn sein steifer Nacken sprechen könnte, würde er „Küchenboden!" schreien. In der Küche kocht Sabine einen Tee aus Salbeiblättern. Jörn meditiert im Doppelbett, das noch wohlig warmen Schlafgeruch ausdünstet. Aurelie liegt auf dem Konferenztisch im Wohnzimmer und erkennt Gesichter in der Stuckdecke. Kim hält einen Historienroman in den Händen. They sitzt im Sessel, starrt geistesabwesend einen Satz im Roman an: „Rasierte Fotze, garantiert". Dawid und Nouria versuchen, sich auf dem nicht ausgebauten Dachboden Körperwärme zu schenken und dabei nicht an die Kehle zu gehen. Die Dinge nehmen ihren Lauf und Torge kommt am Flaschlturm an. Als er zu einem Gruß ansetzen will, schnellt Danijels Finger hoch: „Wir haben im

Haus ein Schweigegebot." Das ist in Ordnung. Torge war nie ein Mann vieler Worte, doch der verkohlte Klumpen zu seinen Füßen lässt ihn ein „Huh?" ausstoßen. „Das sind unsere Liebesgedichte. Nouria sagte, wir sollten uns vielleicht nicht durch Worte definieren, sondern durch Gefühle. Und weil Gefühle vor allem gefühlt und nicht gesagt werden sollen, naja, haben wir halt beschlossen, alle Gedichte zu verbrennen. Alter, Kims drei Seiten haben eine ordentliche Stichflamme gegeben, das kann ich dir sagen." – „Und was geht heute?", schmirgelt Torges trockener Mund. „Weiß keiner, also Jörn und Sabine, klar, aber wir sollen weniger nach Anweisungen und mehr nach Intuition als Gruppe zusammenfinden. Halt so gucken, wann ein Körperimpuls von wem ausgeht und so", sagt Danijel und findet Gehör beim flanierenden Besitzer des Flaschlturms, der durch das Wort „Stichflamme" abrupt vor dem Haus Halt macht. Als er das Tor aufschiebt, der Schneedecke ihren Seitenscheitel zurechtkämmt, im Storchgang zur Haustür stakt, erwischt er bloß noch eine zufallende Haustür und hört nichts als die Stille des Schweigegebots, das Jörn nicht besser hätte in die Karten spielen können.

Ins Café Hipp am Hauptplatz mit schrägem Blick auf das Rathaus kehrt die Gruppe erstmals gemeinsam ein. In den wenigen Gehminuten dorthin schafft es Aurelie, ihre traumatische Kindheit und alle Folgesymptomatiken allen nahbar zu machen und die Stimmung bestmöglich eigenartig aufzuladen. Jörn und Sabine hatten Aurelie nicht absichtslos zur Bewerberrunde in Pfaffenhofen eingeladen. Emotional fragile Persönlichkeiten, so Sabine, wirken wie sozialer Kleber, weil sie harmoniebedürftig, wie sie sind, in allem ein Familiengefühl und Zusammenhalt suchen. Aurelies Rede wird erst vom Kellner unterbrochen, der wiederum von Jörn unterbrochen wird, der wiederum von Sabine unterbrochen wird, weil sie seine Art, Bedienungen zu unterbrechen, insgeheim als unzumutbar empfindet. Und so steht der Kellner bedröppelt zwischen Sabine und Jörn, während Sabine ausholt und von der Geschichte Hipps erzählt. Wie aus der Lebzelterei und der Wachszieherei allmählich die Hipp-Babybrei-Dynastie erwuchs, um jäh von Jörn unterbrochen zu werden, der Sabines Ausführungen den Begriff Zwiebackmehl und die herzzerreißende Story um die schwachen Hipp-Zwillinge ergänzt, woraufhin ihn Sabine unterbricht und von der Notwendigkeit großer Ideen in schwierigen Zeiten spricht, woraufhin Jörn sie unterbricht, um die neue Lebensweise der acht Personen mit der Lebensnotwenigkeit von Hipp-Babybrei zu parallelisieren, als ihn wieder Sabine unterbricht und betont, dass es ein Teil der Geschichte Pfaffenhofens ist, damit Jörn ihren Satz unterbrechen und zufügen kann, dass Pfaffenhofen 2011 zur lebenswertesten Stadt gewählt wurde, wobei Sabine wieder Jörn unterbricht, dass es insbesondere in der lebenswertesten Stadt, und Jörn führt den Satz weiter, besonders schwierig sei, sich von weltlichen Dingen zu distanzieren und, dann wieder Sabine, eine neue Form des Lebens, Jörn wirft ein, zu acht!, Sabine führt fort, zu erproben, und Aurelie, Torge, Danijel, Dawid und Nouria, Kim und der Kellner beobachten den Matchball, schauen zu Jörn, zu Sabine, zu Jörn, zu Sabine, Jörn, Sabine, Jörn, Sabine, Jörn. Mit jeder jeweiligen Unterbrechung grinsen Jörn und Sabine sich umso breiter an. Im Tierreich nennt man das Zähnefletschen. Unter Menschen kann man negative Emotionen hinter einem Lächeln verbergen. Ihre Skleren weiten sich immer mehr und drohen sich über die Augenbrauen zu stülpen und ihre Stirnfalten zu verschlucken. Jede Atempause ein neuer Aufschlag. Jörn, Sabine, Jörn, Sabine, Jörn. Bis einer Schwäche zeigt. Jörn, Sabine, Jörn, Sabine, Jörn. Bis einer weint. Einer schreit, eine schreit, Aurelie stößt unter Tränen ein Krächzen aus. Auszeit. Ein zittriges Stottern, eine Entschuldigung, es ginge ihr zu nah, die Energie, der Ton, zu schnell, alles, zu viel, zu viel damals jetzt hier und ihre Eltern damals immer und so. Wie zwei Schnecken ziehen sich die Skleren und das Zahnfleisch von Jörn und Sabine wieder in sich zusammen, während der Kellner wegen der Unannehmlichkeiten auf ein solides Trinkgeld hofft und deshalb entschlossen ausharrt. Sieben Personen atmen auf, als Jörn nach einer unerträglich langen Stille zum Bestellen ansetzt, nur um im nächsten Augenblick zu stutzen. Babybrei. Jörn bestellt Babybrei. Sabine nickt eindringlich. Der Kellner? Perplex. Fragt nach. Babybrei? Babybrei. Ja, Babybrei. Babybrei? Sabines und Jörns Augenweiß und Zahnfleischrosa glitschen angriffslustig hervor. Babybrei, wir hatten vorbestellt. Den originalen aus Zwiebackmehl. Bitte. Der Kellner zieht ab. Die Stille kehrt zurück. Sechzehn Augenpaare suchen nach irgendeinem Fixpunkt, einem Fixpunkt, der ein Gesprächsthema hervorbringt. Zwischen Pralinenschachteln, Torten- und Kuchenstücken, butterfarbenem Marmorboden, Kaffeemaschinen und Broschüren kullern die Augen umher. Doch Fehlanzeige. Das Schweigegebot ist den acht Personen aus dem Flaschlturm ins Haus Hipp gefolgt und macht sich unangenehm breit. „Also!", sagt Jörn, „Ihr wundert euch bestimmt, warum wir uns für den Babybrei entschieden haben und keine der süßen Köstlichkeiten. Es geht um Akzeptanz. Es geht darum, sich nicht von Oberflächlichkeiten und Sahnehäubchen blenden zu lassen. Es geht darum, als ein Gruppenkörper eine Erfahrung zu teilen und sich unter gleichen Vorbedingungen auf das Geistige zu fokussieren. Wir schweigen gemeinsam, wir essen das Gleiche, wir schaffen gleiche Voraussetzungen für alle, quasi einen gemeinsamen spirituellen Startpunkt, wir synchronisieren unsere Körper, damit unsere Geister es ihm gleichtun." Sabine setzt nach: „Denn der Geist ist unsere stärkste Schwäche", und blickt Aurelie dabei in die Augen.

Klackernden Weckglases balanciert der Kellner das Tablett mit acht Portionen Babybrei zum Tisch und zu sechs Augenpaaren, die versuchen, ihre Enttäuschung zu verbergen. Unter den teils neugierigen, teils mitleidigen Blicken der anwesenden Gäste rumst das Tablett in die Tischmitte. Der Kellner eilt davon und kehrt sogleich mit einem gelben Sack voll Zwiebackmehl wieder. Jörn: „Das, liebe Gemeinschaft, ist unsere Ration bis zum Ende unseres Aufenthalts." Und als Torge überlegt, ob er für die gräuliche Pappmaschee-Masse eine beiliegende Kuchengabel oder den Löffel benutzen soll, navigiert Danijel seinen Finger bereits wie eine Kampfdrohne in Richtung Glas und kann nur noch von Sabines Zwischenruf aufgehalten werden. „He! Wir haben da noch etwas Spannendes geplant fürs Teambuilding. Schließt eure Gläser, wir gehen wohin." Bewirtungsbeleg? Nein, danke. Sowas machen wir nicht. Trinkgeld? Fehlanzeige. Der Kellner und alle außer Jörn und Sabine teilen sich ein Frustrationslevel. Aurelie muss sich darauf besinnen, dass ihr die Gemeinschaft, wenn noch nicht jetzt, dann perspektivisch heilsam guttun wird. Torge denkt an die Ackerflächen, die ihm zugesprochen wurden, und den Gewinn, den er mit dem Grasanbau bei minimalem Einsatz erzielen würde. Danijel denkt daran, nicht mehr bei seinen Eltern wohnen zu müssen. Kim formuliert erste Sätze des Absatzes über das kollektive Mürbemachen durch einseitige Ernährung. Dawid frustriert Nourias Begeisterung für Jörn und Sabines Vision und Nouria ist erzürnt über Dawids Zweifel an Jörn und Sabines Vision. Jörn und Sabine sind zufrieden.

„Zieht bitte eure Schuhe aus." – „Keine Sorge, wir müssen nur kurz quer über den Hauptplatz, dann sind wir auch schon da." Und so stapft die angefressene Gruppe mit schmerzlich kalten Füßen los. Dawid hält sich für besonders clever (Nouria nennt es kindisch) und lässt unter der Traglast seiner Schuhe und Socken in der einen Hand und dem Brei-Glas in der anderen das Letztere fallen. Fünfzehn Minuten frisst sich Schnee und Streusalz in die Fersen der acht, bis Dawid endlich alle Glasscherben beseitigt hat und fünfzehn Minuten später wird Dawid gegen seinen Willen von allen einen Löffel Brei abbekommen. Jörn wird dies als symbolträchtig werten und Sabine zustimmend nicken. Doch jetzt gerade öffnet sich die erste Tür zum Pfaffelbräu und dann die zweite. Ein nacktes Fußpaar tritt ein und dann das zweite. Das Schweigegebot ist schon da. Es riecht nach Gehacktem. Ergraute Köpfe, die an krummen Schultern hängen, erheben sich. Alles stiert auf die barfüßigen Sonderlinge, die zwischen zwei Türen eng gedrängt ihre blauen Füße ins Trockene bringen wollen. „Servus" – keine Antwort. „Acht Löffel, bitte." – keine Antwort. „Wir setzen uns einfach dahinten hin, ja." – keine Antwort. Suppenlöffel in einem Bierkrug zittern, sobald sich die acht Personen über den quietschenden Holzboden zum Tisch bewegen und stumm niederlassen. Torge erwischt sich bei dem Gedanken, es handle sich beim Pfaffelbräu um den Jungbräu, aber es fehlt der Spielautomat, die Dauerwelle der Wirtin und sowieso die Weihnachtsmänner, Nikoläuse und gezogenen Federzähne. Alles im Pfaffelbräu ist braun und aus Holz und wäre es nicht unhöflich, müsste man die Gäste zwicken, um sicherzustellen, dass wenigstens sie noch aus Fleisch und Blut sind und nicht zum Inventar gehören. Aber irgendwie tun sie das so oder so. Der Grant hält sie am Leben. Sabine versucht, sich augenscheinlich unter dem Kollektiv-Grant wegzubücken. Sie fährt ihren Hals gesenkt zur Tischmitte aus und fängt an zu flüstern. Die Sieben tun es ihr gleich. „Also die Idee war, dass, wer Teil unserer Lebensgemeinschaft auf Schloss Ermbegg werden will, sich kompromisslos mit der Gruppe identifizieren muss, so viel Gegenwind es von der Gesellschaft auch geben wird. Das gehört dazu, wenn man sich als alternativ versteht; alternativ heißt nämlich anders und anders wird nicht gern gesehen und schwer verstanden." Jörn erklärt, dass insbesondere Pfaffenhofen ein angenehmes Pflaster sei, um die Persistenz der Gruppe auf die Probe zu stellen. Es ginge darum, sich zu zeigen, und zwar als Gemeinschaft in der Gesellschaft. Viele Orte haben Sabine und Jörn abgegrast, um den perfekten für die Zusammenkunft aller Bewerber herauszusuchen. „Pfaffenhofen", so Jörn, „ist besonders freundlich und offenherzig, ideal um einen Testlauf für quasi das spätere Anecken zu starten." Dabei flüstert Jörn sogar noch leiser als Sabine und duckt sich einige Zentimeter demütiger vor dem anschwellenden Grant des Pfaffelbräu-Inventars weg. „Das angenehmste Pflaster", Jörn versucht den grantelnden Augenbrauen des Pfaffelbräu-Inventars zu entkommen, „könnte man sagen", schließt Jörn kaum hörbar ab. Unter dem Tisch sind alle mit dem Versuch beschäftigt, sich unaufgeregt die Schuhe anzuziehen, wenngleich sich Socken in die Schuhspitzen eingerollt haben. Die Acht bewegen ihre Füße bedächtig, den Oberkörper steif zur Tischmitte gebeugt. Bloß keine raschen Bewegungen, schwebt als Denkblase über den acht Schöpfen. Der Grantelbräu. Ein Tier, das sich jeden Moment auf sie stürzen könnte. Die grauen, buschigen Augenbrauen, die die Gruppe einkesseln, eine Drohgebärde, ein Reviermarkieren. Und dann auch noch diese verräterische Ruhe vor dem Sturm. Ausgerechnet am Nebentisch sitzt der Besitzer des Flaschlturms. In seinen Gehirngängen hallt Sabines Stimme nach, gefolgt von der Frage, wo er diese schon mal gehört hat. Rasch wird Sabines Stimme in seinem Kopf von klimpernden Löffeln in Weckgläsern übertönt. Drei große Löffelschübe pro Kopf, wie angedroht, je einen von jedem für Dawid, ein fettes Trinkgeld, obwohl sie nichts bestellt hatten und schon sind die Acht rückwärts durch die zwei Türen heraus. Das Einzige, was sie daraus mitnehmen, ist ein leichter Hackfleischdunst in der Kleidung und Schweißperlen im Nacken. Auf dem kurzen Rückweg zum Flaschlturm schallern der Gruppe unzählige Servusse entgegen, als würde Pfaffenhofen sich für sein Grantelbräu-Inventar entschuldigen wollen.

Tag 3

„Gemeinschaft bedeutet immer auch, in den Dienst der Gemeinschaft einzutreten. § 14 in der Satzung der acht Personen. Sabine und ich haben uns erlaubt, in Absprache mit der Stadtverwaltung und anhand eurer Bewerbungen, euch Gemeinschaftsdienste zuzuweisen. Das soll der letzte von uns bestimmte Schritt sein, bevor wir in die absolute Soziokratie übergehen und ihr euch entscheiden könnt, ob unser Weg auch eurer ist."

„Danke Jörn. Torge, du hast dich ja besonders für unseren Anbau interessiert. Du wirst im InterKulturGarten am Fernmeldebunker gärtnern dürfen. Danijel, du als Musikliebhaber, darfst im Seniorenzentrum einen Gitarrenabend veranstalten. Aurelie, du schreibst ja ganz gerne so Literarisches und liest, also darfst du an der Realschule vor 200 Schülern lesen. Dawid und Nouria, ihr macht Bewegungstherapie im Sportpark. Jörn, du gehst in die Armenküche und ich zu einer Mutter-Kind-Gruppe. Und Kim. Kim, für dich haben wir was ganz Besonderes ausgehandelt. Du wirst als ausgebildete:r Steinmetz:in – Trommelwirbel – eine Skulptur aus Stein schlagen dürfen, die Pfaffenhofen am Ende unseres Aufenthalts feierlich enthüllen wird! Ist das nicht phänomenal? Wir hinterlassen erste Spuren und formen die Gesellschaft durch unsere Gemeinschaft und das hier in Pfaffenhofen! Unser Grundstein! Danke, Pfaffenhofen!" Sabine ist den Tränen nahe, ebenso wie Kim. Sind es bei Sabine Tränen der Rührung, legt sich auf Kims Augen ein Tränenfilm des Schocks. Niemals im Leben hat Kim irgendwas gesteinmetzt. Kim weiß nicht einmal, ob dieses Verb existiert. Aurelie treibt die Panik Tränen in die Augen. Sie. Vor 200 Schülern. Realschule. Literarisches. Scheiße. Fuck. Fuck. Shit. 200 mal Fickscheiße. In Danijel ergreift eine Wut Besitz von seinem Körper und drückt auf seine Augäpfel, die sich mit Feuchtigkeit wehren. Seine Hände waren nicht einmal jemals in der Nähe einer Gitarre. In die Bewerbung schrieb er Gitarre, um bodenständig zu wirken und dachte, ein paar Akkorde kriegt man irgendwie schon zusammen. Er hatte dabei nicht bedacht, dass Gitarren so verdammt handlich und überall verfügbar sind. Und jetzt wagen sie es, ihn anzuzweifeln? Er ist Beatkünstler. Er ist Künstler. Torges Augen tränen von seinem Guten-Morgen-Joint. Er ist relativ cool mit der Situation und denkt Grünzeug ist Grünzeug und denkt, das wird sich schon irgendwie richten. Nouria springt aufgeregt in die Luft. Dawid setzt ein selbstgefälliges Sunnyboy-Lächeln auf. Sein Zahnschmelz ist vom ganzen Ayahuasca-Gekotze letztes Jahr an den Zahnrändern etwas durchsichtig geworden.

Die Gemeinschaftsdienste hätten der Madonna am Haus Hipp eine Schamesröte in die Wangen treiben können. Torge fand sich vor unbarmherzig vereisten Beeten wieder und beschloss daraufhin, kostenlose Fernmeldebunkertouren für Laufkundschaft bereitzustellen. Dabei variierte er seine Geschichtslektionen und transferierte den Bunker wahlweise in den Zweiten, Ersten oder aktuellen Krieg. Niemand wagte es, ihn anzuzweifeln, auch wenn es in den nächsten Tagen verdutzte Google-Bewertungen zum Bunker regnete, in denen sich vermeintlich Geschichtskundige, befeuert von Fake News made by Torge, nahezu zerfleischten. Nach seinem erfolgreichen Gemeindediensttag lungerte Torge vor dem ortsansässigen Gymnasium rum und versuchte, sein Grasdepot aufzubessern und mit tiefen Blicken und heißen Preisverhandlungen die lokalen Kinderdealer auszumachen. Einige Lehrkräfte baten ihn schließlich freundlich-bestimmt, das Gelände zu verlassen.

Danijel fand sich in einem cremefarbenen Gemeinschaftsraum eines Seniorenzentrums wieder, in den Händen eine Akustikgitarre, im Kopf eine Leere, in der Brust eine kritisch hohe Herzfrequenz und im Rachen klebrige Reste seines Zwiebackmehlbreifrühstücks. Minutenlang harrte er stumm aus, was nicht auf Unmut stieß, weil in solchen Einrichtungen Zeit ein nebensächlicher, nicht zu beeinflussender Faktor ist und sich sowieso alle mit dem Vergehen irgendwie arrangiert hatten. Sobald sich Danijel dazu durchgerungen hatte, sich kurz vorzustellen und sein Geburtsland Ukraine erwähnte, regnete es Erfahrungsberichte und Beobachtungen zur aktuellen Migrationspolitik. Die letzten Minuten – Danijel wusste, die Stationsleitung käme bald – klimperte er ein wenig auf den Gitarrensaiten rum und setzte ein zufriedenes Grinsen auf.

Aurelie schloss sich eine halbe Stunde weinend auf der Mädchentoilette der Schule ein, in der sie ihre literarischen Früchte vortragen sollte. Nachdem sie der Sozialarbeiter herausgelockt hatte, las sie Texte über ihren gewalttätigen Vater, der fast ihre Mutter totgeprügelt hatte und über ihre eigenen Komplexe mit dem Frau-Sein, die insbesondere aus den blutigen Phasen des Weiblichen hervorgingen. Die Lehrkräfte tobten ob der Tabubrüche und pöbelten Aurelie von der Bühne. Wieder weinend auf der Schultoilette konnten sie die wechselnden Stimmen aus der Nebenkabine und die manikürten Hände voll Taschentücher unter der Kabinenwand einigermaßen beruhigen. „Voll cringe, was die Lehrer da abgezogen haben." – „Ja man, mega sorry dafür." – „Voll gut, dass mal jemand darüber spricht wegen Tabu und so." – „Ja man, voll."

Dawid und Nouria brüllten sich zusammen vor knapp zwei Händen interessierter Pfaffenhofenerinnen, die sich gefreut hatten auf meditative Atemübungen im Schnee des Sportparks an der Ilm. Dawid solle aufpassen, wo er hinguckt, Nouria solle aufpassen, was sie sagt, und nur die grölende Menge im Eisstadion gegenüber vermochte das streitende Paar geradeso zu übertönen. Der heiße Atem von Nouria und Dawid stieß eine Dunstwolke in der kalten Luft aus, die die Teilnehmerinnen nutzten, um nach und nach unbemerkt zu verschwinden. Dawid stellte sich daraufhin eine zweistellige Anzahl Naturradler im Müllerbräu rein und schimpfte über die „Weibers". Nouria trat gegen ein Baustellen-Absperrgitter und zog sich dabei eine Muskelzerrung zu, die sie gerade ausreichend von einem Mord an Dawid abhielt.

Jörn wusch sich zwar alle halbe Stunde die Armut von den Händen, kellte aber tapfer Essensrationen für die Bedürftigen. Als ihm von einer Dame erklärt wurde, dass man heutzutage nicht mehr „Armenküche" sage, biss er sich auf die Zunge und tauschte potenzielle Worte gegen sein grinsendes Zähnefletschen ein. Es sei für eine gute Sache, es sei für eine gute Sache, es sei ...

Sabine konnte vier Sprachen fließend, aber Arabisch und Ukrainisch gehörten nicht dazu. Und wenn Sabine etwas nicht kann, dann ist es, mit dem konfrontiert zu werden, was sie nicht kann. Obwohl die Mehrheit der Teilnehmerinnen dann doch Deutsch sprach, zog sich in der perfektionistischen Sabine alles zu einer handlungsunfähigen Steife zusammen. So sehr, dass eine ukrainische Mutter sie auf Englisch fragte, woher sie komme und ob alles okay sei. Sabine stotterte irgendwas grammatikalisch völlig Unzusammenhängendes, woraufhin eine andere Teilnehmerin ganz langsam und gedehnt fragte, wie lange Sabine schon in Deutschland sei und ihre Sprachkenntnisse lobte.

Danijel, Aurelie, Dawid und Nouria, Jörn und Sabine finden sich allesamt entkräftet im Müllerbräu wieder und verstehen jetzt vor allem das „gemein" in Gemeinschaftsdienst. Sie sitzen an unterschiedlichen Tischen und tun so, als würden sie sich nicht sehen. Bloß Nouria ersticht Dawid aus der Ferne mit über fünfunddreißig potenziell tödlichen Laserblicken, während sie ihr Bein kühlt. Drei Stunden gilt es zu überbrücken, bis Kim das Steinkunstwerk für Pfaffenhofen enthüllen würde. Torge hat noch drei Stunden, um am Spielautomaten im Jungbräu sein Ticket in ein neues, also vor allem ein anderes Leben außerhalb der Gemeinschaft zu erspielen. Es würde vergeblich sein.

Ein massiver Steinblock liegt vor Kim. Seit langer Zeit pflegen die beiden Blickkontakt. Kim angstverzerrt, Stein unnachgiebig. Kim 0, Stein 1. Was zum Henker soll Kim damit machen. Keines der Steinmetzwerkzeuge hatte Kim jemals im Leben gesehen. Ein Journalismus-Studium ist nicht sehr praktisch angelegt und irgendwie hatte Kim wohl das Seminar verpasst, in dem eindringlich erklärt wurde, dass man sich bei Investigativ-Reportagen Berufe ausdenken solle, die man wenigstens ansatzweise beherrscht. Jetzt ist es eh zu spät. Kims Starren wird den Stein nicht in Form bringen. Der Stein wird durch seine Anwesenheit Kim nicht als Steinmetz:in ausbilden und der last resort für Journalismus-Anfänger:innen, auch bekannt als Youtube, half bislang nicht. Kacke. Kim holt Luft. Eine Schweißperle huscht über Kims Stirn, überwindet die Augenbrauenbarriere, rollt ums Auge, an der Wange entlang, hält sich wenige Sekunden mühsam an Kims Kinn fest, bis sie sich selbstmörderisch in die Tiefe stürzt. Kim täte es ihr gerne gleich. Hinter dem Haus der Begegnung, vor den Blicken Neugieriger versteckt, thront der Stein auf Rollen und Kim steht daneben und insbesondere neben sich. Die wenigen Pfaffenhofener Zaungäst:innen, die Kim und den Stein im Vorbeigehen erblicken, unterstellen Kim eine künstlerische Transzendenz, hypnotische Schaffenskraft und hohen Fokus an der Sache. Dass Kim sich in einer vollkommenen Angststarre befindet, käme ihnen nie in den Sinn. Dafür sind die Pfaffenhofener:innen zu kunstbegeistert, kulturhungrig und würden die Magie des Schaffens niemals hinterfragen. Außer es handelt sich bei ihnen um Lehrkräfte, aber das gehört zu Aurelies Leidensgeschichte.

Eine Stunde bis zur großen Enthüllung des Steinkunstwerks setzt Pfaffenhofen.Online einen zweiten Post über die große Enthüllung des Steinkunstwerks ab. Zweiundvierzig Pfaffenhofenerinnen und Pfaffenhofener liken den Post über die große Enthüllung des Steinkunstwerks. Dreiundneunzig werden zur großen Enthüllung des Steinkunstwerks kommen. Vierzehn Pfaffenhofenerinnen und Pfaffenhofener werden Kims Namen googlen und keinerlei Ergebnisse dazu finden, ausgenommen der zwei Posts von Pfaffenhofen.Online über die große Enthüllung des Steinkunstwerks am heutigen Tage.

Rasch wirft Kim dem Stein seine Decke über. Der Pfaffenhofener Kulturreferent navigiert zwei Mitarbeiterinnen für Kultur und Veranstaltungen, die den Steinklotz mühsam gerade so ins Rollen bringen können, zum Hauptplatz. Der ÖA-Volontär kehrt mit einem Besen den Schnee aus dem Rollweg. Der Anblick gleicht einem Curling-Wettkampf. Ziellinie: Hauptplatz, wo bereits dreiundneunzig kunstbegeisterte, kulturhungrige Augenpaare und sieben müde der großen Enthüllung des Steinkunstwerks entgegensehen. Der Bürgermeister, der Kulturreferent, die Betreiberin der örtlichen Kunstgalerie schwingen brillante Reden und übertrumpfen sich in ihrer Euphorie. Gekonnt stecken sie sogar die acht Personen damit an. Selbst Kim erwischt sich ganz kurz beim Gedanken, vielleicht doch etwas Großes geschaffen zu haben. Dann kehrt Kims Angstschweiß wieder und erinnert an die traurige Realität. Unter den Einheimischen: eine Stimmung wie kurz vor Volksfest-Fass-Anstich. Das ganze Ereignis ist eine knusprig warme Brezen, in die man endlich reinbeißen mag.

Der Decke des Steins nähern sich Hände. Gespreizte Finger machen sich auf den Weg Richtung Enthüllung. Gerade als die Fingerspitzen die Decke berühren möchten, ein ohrenbetäubender Schrei. Halt machen die Hände und alle Blickrichtungen nehmen Kim schlagartig ins Kreuzfeuer. Kim hat geschrien. Die Hände fallen, sie baumeln, Kim taumelt, die Menge murmelt. „Ja, freilich!", sagt der Bürgermeister froher Miene und steckt damit alle Anwesenden an, „Die Ehre der Enthüllung steht natürlich der kunstschaffenden Person zu" und bittet mit einer Handbewegung Kim vor. Applaus begleitet Kims entmutigtes Schlurfen zum Stein. Mit einem Ruck versöhnt sich Kim mit dem bevorstehenden Schicksal (ein Aufstand? Buh-Rufe? Hausverbot in Pfaffenhofen? Jetzt ist's eh zu spät, ge ...). Kim enthüllt den Stein. Einen grinsenden Stein ...? Das Schweigegebot tritt wieder auf den Plan und man hätte eine Nadel fallen hören können. Lähmende, ungewisse Stille um Kim und Kims Stein herum. In den letzten Sekunden vor der Abholung hatte

Kim dem versteinerten Endgegner einen Punkt, einen Punkt, ein Komma, einen Strich in grellorange aufgesprayt. Ein grinsender Stein grinst geistlos in die totenstille Menge. Kim hält es nicht mehr aus. Kim hebt das Bein. Kim rammt es gegen den Stein, der schwerfällig nachgibt, der langsam kippt, auf dem Boden zerschellt und das Grinsen in Einzelteilen aus seinem Gesicht fällt. Durch die Menge geht ein dumpfer Ton, wie ihn sich viele vorstellen, wenn Eismassen herunterbrechen. Dann gewinnt die Stille wieder die Oberhand. So viel Stille. So still, still, stiller Stillstand und doch packt Kim eine obskure Erleichterung. Die Stille im Rundherum wandelt sich, nach all der Anspannung, zu einer angenehmen Leere in Kim. Kein Mensch rührt sich. Ein Räuspern hie und da unterbricht die allgegenwärtige Fassungslosigkeit. Doch dann passiert etwas, das jede Wahrscheinlichkeitstheorie außer Kraft setzt. „Was für eine Performance!", tönt es aus der Betreiberin der örtlichen Kunstgalerie. Sie wirft ihre Hände aneinander, klatscht. Jemand gesellt sich dazu. Zwei klatschen, drei klatschen, vier klatschen, mehr klatschen, tosender Applaus, die Menge tobt, Hände glühen vor lauter Klatschen, Pfaffenhofen zergeht in Begeisterung und Pfiffen der Freude. Kim ist wie paralysiert. Von allen möglichen Szenarien ist das am wenigsten wahrscheinliche eingetroffen. Hände drücken Kims Hände, klopfen Kims Schultern, drücken, streicheln, drücken, schütteln, beglückwünschen, drücken, danken, drücken Kim dankend einen überdimensionalen Gutschein für die Bowlingbahn am Kuglhof in den Schoß. Blitzlicht gewittert.

Noch am selben Tag schlägt der Besitzer des Flaschlturms vor, in jenen Räumlichkeiten ein Residenzstipendium für Künstler einzurichten und stößt damit auf Gehör und Zustimmung bei den tonangebenden Köpfen Pfaffenhofens an der Ilm. Am darauffolgenden Tag 4 würde der Besitzer des Flaschlturms an der Tür der acht Personen klopfen, um sie darüber zu informieren, in was für ehrwürdigen Räumen sie gerade residieren, mitunter auch um seinen Argwohn abzuschütteln, da ihm der „Stichflammen"-Zwischenfall doch den Schlaf verdarb. Der Besitzer des Flaschlturms würde herausfinden, dass dort acht statt der erlaubten zwei Personen residierten. Er würde mit der Polizei drohen und acht Personen würden ihre erste wahrhaftig soziokratische Entscheidung treffen, so schnell wie möglich mit einem Sack Zwiebackmehl aus Pfaffenhofen zu verschwinden. Jörn und Sabine würden allen sechs Bewerbern eine Mitgliedschaft in ihrer Lebensgemeinschaft auf Schloss Ermbegg zusagen. Zusagen würden daraufhin auch die sechs. Aurelie, um eine Ersatzfamilie zu finden, Torge, um verdachtslos Gras anzubauen, Danijel, um nicht mehr bei seinen Eltern zu wohnen, Dawid und Nouria, um sich nicht die Schädel einzuschlagen und Kim, um den Investigativ-Artikel des Jahrtausends zu verfassen. Doch das ist Zukunftsmusik. Für den Moment genießen dreiundneunzig Pfaffenhofener und Pfaffenhofenerinnen ebenjenen Moment und acht Personen, dass ihre Lebenslügen (noch) nicht aufgeflogen sind. Und irgendwie sind die Lügen, die wir uns erzählen, doch auch irgendwie die Basis einer jeden funktionierenden Familie, Gemeinschaft und Gesellschaft, oder etwa nicht?

Vita Christina Piljavec

2023 war als zehnte Stipendiatin Christina Piljavec zu Gast in Pfaffenhofen. Sie wurde 1994 in Evpatorija in der Ukraine geboren, studierte Theater- und Medienwissenschaften, Germanistik, Ethik und Neuere deutsche Literatur in Erlangen sowie in Göttingen. Nach ihrem Masterabschluss mit Auszeichnung studierte sie am Deutschen Literaturinstitut in Leipzig Literarisches Schreiben, arbeitete als Sprachdozentin und Gymnasiallehrkraft und als Hausautorin am Theater der Jungen Welt Leipzig.

Ihr Schreiben zeichnet sich durch ein rasantes Tempo, sprudelnden Einfallsreichtum und jede Menge Disruption aus. Dabei beherrscht sie sowohl ein beinahe bedrohlich ernstes als auch humoristisches Erzählen. Letzteres lässt sie in ihrem „Zwischenfall" mehr als nur anklingen – anders als in Lutz' „Zwischenfall" bekommt hier wirklich jegliche beteiligte Figur unter den Protagonistinnen und Protagonisten ihr Fett weg.

Ganz anders beschaffen zeigte sich der Ausschnitt aus ihrem Projekt mit dem Titel „MATKA", der die Jury überzeugen konnte, ein äußerst intensiver und eindrücklicher Text. Mit der Veröffentlichung dieses ersten längeren Romanprojekts ist in nicht allzu weiter Zukunft zu rechnen, derzeit ist Christina Piljavec zudem wieder im Bildungswesen tätig.

GM '24

Nachwort des Mitherausgebers

Als mir im Zuge der Arbeit an dieser Buchveröffentlichung erstmals alle bisherigen „Zwischenfälle" vorlagen, verblüffte mich zuallererst die erstaunliche stilistische und formale Mannigfaltigkeit der zehn Texte. Die Erkenntnis, dass die zehn unterschiedliche Schriftstellerinnen und Schriftsteller auch ganz verschiedene Ansätze gewählt haben, mag profan sein, nichtsdestoweniger liegt darin eben auch ein großer Wert. Allein die höchstindividuellen Blickwinkel erlaubten es uns, statt einer bloßen eindimensionalen Textsammlung eine abwechslungsreiche, multiperspektivische Anthologie vorzulegen. Unter dem Eindruck der zehn vorliegenden Texte lässt sich nicht darauf schließen, dass die Möglichkeiten, wie sich mit Pfaffenhofen und Lutz' „Zwischenfall" als Blaupause auseinandergesetzt werden kann, nach zehn Jahren bereits ausgeschöpft sind, noch lange nicht.

Stets dient in den zehn „Zwischenfällen" Pfaffenhofen als bindender literarischer Schauplatz, das ist so vorgegeben, doch ganz gleich, wie fragmentarisch Pfaffenhofen und seine Bevölkerung beschrieben wird, ob die Stadt als Kulisse oder Projektionsfläche dient oder explizit adressiert wird, dokumentiert wird oder satirisch überformt, verfremdet wird, welche Aspekte des Stadtlebens aufgegriffen werden, welche Perspektive eingenommen wird, um auf Pfaffenhofen zu schauen –, jeder Text ist für sich auch ein Zeugnis der Erfahrungen, die die Stipendiatinnen und Stipendiaten während ihres Aufenthalts im Flaschlturm und drumherum gemacht haben, ihren Erlebnissen, Eindrücken und Assoziationen.

Freilich bieten die Texte also keine Chronik Pfaffenhofens aus den Jahren 2014 bis 2023, doch auch Lutz' „Zwischenfall" war keine bloße Beschreibung des Pfaffenhofens der Zwischenkriegszeit, und doch erfahren wir so einiges Wahrhaftiges über Pfaffenhofen aus diesem Roman. Mit den zehn „Zwischenfällen" bleiben uns künstlerische Arbeiten aus Pfaffenhofen, mit und über Pfaffenhofen aus diesen Jahren erhalten, stilistisch ganz unterschiedliche literarische Bildnisse der Stadt und fungieren so als Denkmäler, als Speicher der Eindrücke und Erfahrungen, die die Stipendiatinnen und Stipendiaten in unserer Stadt gemacht, in ihren Texten literarisch verarbeitet und uns präsentiert haben. Dabei geschieht es, dass sich wiederholt, was Joseph Maria Lutz zweifelsohne mit seinem „Zwischenfall" ausschlaggebend gelang – durch das Schreiben der Stipendiatinnen und Stipendiaten von und über Pfaffenhofen, haben sie sich mit ihren Texten in die Stadtgeschichte eingeschrieben.

Simeon Stadler,
Pfaffenhofen, im September 2024

Simeon Stadler, geboren 1993, lebte lange in Pfaffenhofen, besuchte dort das Schyren-Gymnasium und studierte in München Philosophie. Er arbeitet mittlerweile seit rund 12 Jahren im Buchhandel. Seit der Vergabe des Lutz-Stipendiums für das Jahr 2019 ist er Teil der Jury.
Als Mitherausgeber war er in engem Kontakt mit den Stipendiatinnen und Stipendiaten und für die Überarbeitung der Texte, das Verfassen der Vitae sowie die Auswahl und Platzierung der Zitate aus dem Zwischenfall von Joseph Maria Lutz verantwortlich.

Vita Joseph Maria Lutz

Joseph Maria Lutz wird am 5. Mai 1893 in Pfaffenhofen geboren. Nach der Schule studiert er Landwirtschaft, kann seinen Beruf jedoch wegen einer Verletzung im Ersten Weltkrieg nicht ausüben und widmet sich ganz der Schriftstellerei. Seit 1923 lebt Lutz mit kurzen Unterbrechungen als freier Schriftsteller in München.
Er verfasst das Bühnenstück „Der Zwischenfall", das 10 Jahre später Premiere im thüringischen Rudolstadt feiert, alle anderen Bühnen hatten es zuvor abgelehnt. Schon bald schreibt Lutz den Zwischenfall aber in einen Roman um. Auch hier zunächst Ablehnung über Ablehnung. 1929 wird er vom Piper Verlag angenommen, erscheint 1930 und Lutz gelingt der künstlerische Durchbruch.
1931 zieht er zurück in die Hallertau, ins Prambachtal. Kurz darauf erscheint der Buchband „Bayrisch. Was nicht im Wörterbuch steht", in dem er sich für die Pflege der Mundart einsetzt – eine Herzensangelegenheit des Heimatschriftstellers.

Sein Lust- und Mysterienspiel „Der Brandner Kaspar schaut ins Paradies" erobert ab 1934 die deutschsprachigen Bühnen und etabliert Lutz als Hör- und Schauspielautor. Wieder in München schreibt er Ende der 30er Jahre kleinere Geschichten, Aufsätze und Hörfolgen und setzt sich immer wieder mit dem Tod dichterisch auseinander. Während der Bombardierung 1943 wird Lutz nach Oberammergau ausquartiert. Nach dem Zweiten Weltkrieg muss er sich dem Entnazifizierungsprozess stellen und wird als Mitläufer eingestuft.
In den 50er Jahren arbeitet er an einer Vielzahl von Lokalspitzen für Zeitungen, heiteren Erzählungen und Schulfunksendungen. Als die „Münchner Turmschreiber" 1959 ins Leben gerufen werden, gehört Lutz zu den Mitbegründern. 1968 wird ihm die Ehrenbürgerschaft der Stadt Pfaffenhofen verliehen.
Am 30. August 1972 stirbt Joseph Maria Lutz in München. Vor der Joseph-Maria-Lutz-Schule wird ein Denkmal zu Ehren des Pfaffenhofener Heimatdichters aufgestellt.

Zitate aus dem Zwischenfall, ausgewählt von Simeon Stadler:
Joseph Maria Lutz: „Der Zwischenfall", R. Piper & Co Verlag, München, 1930

Illustrationen zu Pfaffenhofen
von Gottfried Müller

Gottfried Müller, geboren 1968, absolvierte von 1993 bis 1998 das Studium an der Akademie der Bildenden Künste München und an der Hochschule für Grafik und Buchkunst Leipzig und war dort Meisterschüler bei Prof. Volker Pfüller. Er arbeitete von 1998 bis 2010 als freischaffender Illustrator und ist seit 1998 bildender Künstler und Autor. Seit 2010 ist er Universitätsprofessor für Architekturdarstellung an der TU Dortmund. Er lebt mit seiner Familie in Hettenshausen.